Julia Helmert

Jan Drakul, Ein Gegner kommt
selten allein

In originaler Deutschersprache

Herstellung und Verlag

BoD-Books on Demand

ISBN 9783748174400

Dieses Buch ist meinem Neffen gewidmet. Wegen seinem niedlichen Lächeln und seiner freudigen Art, habe ich mich entschieden das Katja Gray Geschwister bekommen sollte. Ich hoffe es stört meiner Schwester nicht all zu sehr, das ich das getan habe. Vielleicht widme ich ihr auch mal ein Buch

Inhaltsverzeichnis

Die Taufe

Ein Jahr ist nun vergangen, seit Jan
und Katja sich zum ersten mal
begegnet waren und den Vampir
Verräter besiegt hatten. Nun gingen
sie ihren normalen Alltag nach, genau
wie an diesem Tag. Als die beiden
außerhalb der Stadt vor einer Kirche
warten mussten, lief Katja davor auf
und ab. Jan schaute entspannt auf
seine Uhr und ließ sich von ihr nicht
aus der Ruhe bringen.

,,Wieso dauert sowas immer so lange,
es ist doch nur eine Taufe und es sind
doch nur zwei Kinder die getauft
werden sollen!´´

Jan ergriff lächelnd ihr rechtes Handgelenk und lief mit ihr in den Wald hinein. Ohne sich irgendwie zu verletzten oder dreckig zu machen, lief sie schnell durch den dichten Wald. Der Wald in dem sie waren, misst eine große von 300 cm² Bei einem Steinzirkel endete ihr Weg. Dieser Ort war etwas anders als sich Katja, dass vorgestellt hatte. Nach ihrer Meinung müsste hier dichter Nebel liegen und eine unheimlicher Aura müsste in der Luft liegen. Davon war aber nichts zu erkennen, nur eine kleine Lichtung mit einem Steinzirkel. Etwas verwirrt blickte Katja sich auf der Lichtung um und schaute alles genau an, falls etwas von den Dingen interessant sein könnte. Jan folgte ihr, in einem gemäßigten Abstand und hielt seinen Blick ständig auf die Mitte des Zirkels. Anschließend nach der gesamten Inspektion, traten die Beiden in die Mitte des Zirkels. Mit

seinem bekannten Grinsen wandte
Jan sich zu ihr:

,,Schau mal das wollte ich dir zeigen.
Das letzte mal das ich hier war, ist
schon sehr lange her.´´
Skeptisch schaute Katja ihn an: ,,Was
wollen wir denn hier?, Es ist doch nur
ein stinknormaler Steinzirkel nichts
weiter.´´
Er schüttelte den Kopf: ,,Nein Katja
schau dir die Inschrift auf jedem Stein
an. Es ist eine alte Vampirschrift, also
ist das kein gewöhnlicher Steinzirkel.´´
Na und was ist daran nun so
besonders?´´
Jan fasste sich fassungslos ins
Gesicht, ,,Oh man Katja, Ich habe dir
doch erzählt das mich mein Vater
immer von einem bestimmten Ort
ferngehalten hat. Dies ist dieser Ort,
also muss irgendwas besonderes hier
geben.´´

Ohne auf sie zu achten, trat Jan an einer der Steine und untersuchte die Schrift. Langsam strich er mit dem rechten Zeigefinger über die Symbole, die im Stein eingraviert waren. Leise flüsterte Jan auf eine Sprache die Katja überhaupt nicht verstand. Er schien den Satz, den er gerade auf gesagt hatte auch nicht ganz zu verstehen und kratze sich am Hinterkopf. Ein genervtes stöhnen kam über Katjas Lippen, als sie auf ihre Uhr schaute und zog Jan wieder zurück zur Kirche:

,,Du kannst mir später erzählen, zuerst müssen wir zurück.´´
Jan meinte etwas bedrückt:
,,Verstehst du nicht. Mein Vater ist immer ausgerastet, wenn ich mich hier rumgetrieben habe´´
,,Was hat denn dein Vater immer mit dir gemacht wenn du hier her

gekommen bist?´´
Bevor er ihr Antworten konnte, kamen
sie gerade vor der Kirche an als die
Türen aufgingen und Katjas Eltern
heraus traten.

Die Zwillinge

Je ein Elternteil von hielt ein Baby im Arm. Katjas Mutter hielt ihre kleine Schwester und ihr Vater hatte den kleinen Bruder im Arm. Wie die Fliegen scherten sich die Bekannten und Familienmitglieder um die Beiden und wollten ein Blick auf die Kinder werfen. Einige Minuten später gingen die Gäste zu ihren Autos oder andere Fahrzeuge. Viele der Familienmitglieder kannte Katja nur von irgendwelchen Fotos, oder von den Geschichten ihrer Eltern. Obwohl es ihr Vater war, der mehr von seiner Familie redete und jedes mal die Geschichten etwas ausschmückte. Ihre Mutter gingen die Geschichten schon langsam auf die Nerven, immer wenn er damit anfing hatte sie eine Ausrede.

Jan trat mit einem lächeln näher an die Beiden: ,,Herzlichen Glückwunsch für euch, die Beiden sind ziemlich niedlich. Katja wird bestimmt eine tolle Schwester sein.´´

Die Eltern fingen ebenfalls an zu lächeln und fuhren mit den Beiden nach Hause. Als Mrs. Gray vor einigen Monaten verkündet hatte, dass sie Zwillinge bekommen wurde, fiel Mr. Gray vor Freude in Ohnmacht. Das komische daran war, dass er das Zimmer auf eine Seite Rosa gestrichen wurde und die andere war Hellblau. Aber nur weil sich der Vater vorher nicht entscheiden konnte, welche Farbe er nehmen sollte. Häufig kam es auch vor, dass er die Wände so oft nochmal neu streichen musste. Zu Hause fingen die Babys vor Hunger an zu weinen. Doch als Katja und Jan die Zwillinge in ihren

Armen nahmen, waren sie auf der Stelle ruhig. Erleichtert machte Mrs. Gray die Trinkflaschen der Kinder Fertig und gab sie den Beiden. Jan setzte sich mit dem kleinen Mädchen auf den Sessel und Katja setzte sich mit ihrem kleinen Bruder auf die Couch.

Die Beiden konnten so gut mit den Zwillingen umgehen, das Katjas Mutter immer sagte: ,,Och liebes du wirst bestimmt eine gute Mutter sein, wenn es bei dir soweit ist.´´

Mit eine knall roten Gesicht wandte sie sich stumm ab und fütterte ihren Bruder weiter.
Jan fing bei ihrer Reaktion an zu grinsen und fragte: ,,Wie heißen denn nun die Beiden? Katja wollte mir nie sagen welchen Namen ihr euch ausgesucht habt´´

Mrs. Gray lächelte erschöpft und nahm einen Schluck von ihrem Tee. ,,Mia und Leon Gray. Diese Namen passen doch zu ihnen.''

Jan und Katja nickten ihr zu und legten später die Kinder ins Bett.

,,So Mom, Jan und ich haben noch was zutun. Wir sehen uns später, ich versuche nicht so spät zu kommen.''

Mit einem lächeln verabschiedete sie sich und ging mit Jan hinaus. Vor der Tür drehte sich Jan auf dem Absatz um, blickte zum Haus um und meinte:

,,Die Beiden sind wirklich süß, hoffentlich machen sie euch das Leben nicht so schwer.
Katja gab ihm einen Tritt gegens Schienbein und meinte Böse: ,,Sag nicht so was über meine Geschwister. Sie sind liebe kleine Kinder.''

Jan rieb sich mit einem ernsten Blick das rechte Bein und schwieg mit einem Brummen. Nach Fünf Minuten konnte er wieder aufstehen und ging voraus. Katja folgte ihm auf Schritt und Tritt. Schnurstracks nahmen die Beiden den Weg ins Zentrum der Stadt und redeten über viele Dinge. Auf dem Weg ins Zentrum kamen nur wenige Menschen ihnen entgegen und nur einen kannte Katja flüchtig, aus der Schule. Auf dem Weg fiel ihr ein, wie Jan sich benahm, als die Jungs in ihrer Schule eifersüchtig auf ihn waren und auf ihn los gegangen sind. Er wich damals jeden Schlag aus und stellte jeden Angreifer ein Bein. Deswegen war er auch bei jedem Mädchen sehr beliebt und bekam beim Valentinstag, dutzend von Karten. Als Jan merkte das Katja nicht mehr ganz anwesend war, fragte er verwundert:

,,Ich glaube du solltest aufpassen!´´
Sie würde aus den Gedanken
gerissen und ein ,,Was?´´ kam ihr
über die Lippen. Mit einem
verwirrenden Blick schaute sie ihn
was: ,,Was hast du gerade gesagt.´´
Jan blickte sie ernst an und sagte in
einem ruhigen Ton: ,,Ich wollte dich
warnen, damit du nicht irgendwo
gegen läufst. Man sollte nicht so in
seinen Gedanken versunken sein,
oder man will in Schwierigkeiten
geraten.´´
Ihre Wangen färbten sich leicht rot, als
sie den Kopf senkte und leise
sagte: ,,Sorry aber ich habe mich nur
daran erinnert, wie die Schultage
waren nachdem du wieder zu mir in
die Schule kamst.´´
Jan fing an zu grinsen und schlang ein
Arm um Katjas Taille: ,,Ich denke auch
manchmal daran, aber ich vergessen
meine Umgebung nicht und bin nicht

so vertieft, dass ich fast irgendwo
gegen laufen würde.´´

Schweigsam nickte sie ihm zu und
stampfte folgsam neben ihren Freund.
Aber er grinste nur und ging nun
wieder voraus in das Zentrum der
Stadt.

Angriff im Park

Jan bog mit Katja in einen kleinen
Park, der sich nur drei Straßen von
ihrem Haus entfernt befand. Obwohl
es nur drei Straßen weiter war, befand
sich der Park im Zentrum der Stadt.
Katja blickte sich um und genoss die
Sonnenstrahlen, trotz des kalten
Wintertages. Jan machte die Kälte
nichts aus, obwohl er nur eine dünne
Jacke über seine normalen Kleidung
trug. Das gleiche Spiel führte er auch
am ersten Wintertag durch. Es war an
dem Tag so um die Minus 20 grad und
es hat auch noch sehr doll geschneit.
Trotzdem kam er mit einer sehr
dünnen Winterjacke zur Schule und
es störte ihm nicht einmal.

Verwundert warf Jan ihr einen
skeptischen Blick zu und fragte: ,,Sag

mal wo wolltest du mit mir eigentlich hin? Du sagst mir doch immer wenn was ist.´´

Katja senkte ihren Kopf und sagte leise; ,,Ich bin mir nicht sicher ob ich wirklich so eine tolle Schwester bin oder sein werde. Ich glaube sogar, dass die Zwillinge dich lieber haben.´´

Ein sanftes Lächeln kam über seine Lippen: ,,Ach komm du bist die beste Schwester die es gibt und das die Zwillinge mich mögen, liegt nur daran das jeder mich einfach mögen muss.´´

Böse boxte Katja ihm gegen den linken Arm; ,,Du Idiot!´´ Sagte sie lächelt und ging erleichtert weiter.

Plötzlich ertönte ein lauter Schrei in der Ferne und eine Menschenmenge kam ihnen entgegen gelaufen. Katja schaute der Menge erschrocken nach, bis sie sich wieder im Griff hatte und Jan in die andere Richtung folgte. Bei

dem kleinen Wäldchen im Park
blieben sie stehen und sahen sich um.
Aber auf den Wegen und Wiesen war
keiner zusehen oder zuhören. Nun
ertönte ein markerschütternder Schrei,
der ihr eine Gänsehaut machte. Es
klang wie eine Bestie aus einem
Horrorfilm, die sich von Hinten an
seine Beute ran pirschte.

Aus Angst griff sie nach Jans Arm,
,,Sag mal was war das denn?´´
wollte Katja wissen und spähte in den
Wald, von wo der Schrei vermutlich
kam.

Jan sagte nichts dazu und ging
vorsichtig in den Wald. Der Wald war
zwar nicht sonderlich groß, aber sehr
dicht und unübersichtlich. Selbst Jan
hatte es nicht leicht etwas zu sehen,
trotz seiner guten Vampiresinnen.

Damals hatte er auch Katja gestanden, dass er in manchen Situationen Schwierigkeiten hatte. Trotz einer vermeintlichen Gefahr gingen die Beiden weiter. Sie kamen auf eine kleine Lichtung, wo sie ein bewusstlosen Mädchen fanden. Erst als Katja den Puls des Mädchen messen wollte, kam sie zu sich.

Sie war entsetzt vor Angst und könnte nur leise flüstern: ,,Hilfe e...etwas ist hier im Wald. Es sucht Jemanden um ihn zu töten.´´

Verwirrte versuchte Katja zu verstehen, was das Mädchen damit meinen könnte und half ihr auf. Verängstigt und mit zitterten Beinen blickte das Mädchen sich um. Um ihr etwas halt zugeben stellte Jan sich ebenfalls neben ihr und versuchte sie zu beruhigen. Plötzlich brach etwas durch die Baumkronen und landete direkt vor ihnen. Die Gestalt die sie nun direkt anblickten, schien aus einem Horrorfilm gekrochen zu sein. Denn es war eine Art Mischung aus einer Fledermaus und einem Menschen. Die Gestalt hatte blutrote Augen, eine grau-grüne Haut, sowie lange gefährliche Zähne und Klauen. Seine Flügel waren wie der Rest des Körpers kräftig und groß.

,,Verdammte Scheiße,´´ sagten die Beiden wie aus eine Pistole geschossen und ließen die Gestalt nicht aus den Augen.

Die Kreatur war nicht gerade begeistert sie zusehen, denn als seine blutroten Augen die Beiden ins Visier nahm, brüllte es furcht einflößend auf und stürzte sich auf die Beiden. Jan stieß das Mädchen zur Seite, griff Katjas Handgelenk und zerrte sie von dem Monster weg. Ohne auf irgendetwas Rücksicht zu nehmen, kamen sie wieder auf den Weg und verließen den Park so schnell wie es ging. Als der Park kaum noch zu sehen war, blieben sie auf der Stelle stehen. Katja drehte sich um und bemerkte das sie fast am anderen Ende der Stadt waren. Ihre Kräfte waren mal nämlich am ende und die Angst durchströmte ihren Körper.

,,Wir müssen zurück, das Mädchen ist bestimmt in Gefahr.''
Jann schüttelte den Kopf und meinte: ,,Mach dir mal keine sorgen, das Monster hat sie vorher nicht getötet und wird es jetzt bestimmt auch nicht tun. Sie hat ja gesagt, dass es jemanden sucht.''

Erleichtert schnappte sie nach Luft, dabei ging sie einige Schritte zurück. Jan ging einige Meter voraus um nach dem Monster Ausschau zu halten. Wie aus dem Nichts landete die Gestalt vor ihnen, packte Jan am Hals und presste ihn gegen einen Baum. Das Monster flüsterte seinem Opfer etwas ins Ohr, riss Jans Hemd am Hals Kaputt und öffnete sein Maul. Durch den Schreck fiel Katja auf ihren Hintern und starrte entsetzt ihren Freund an, hatte aber keine Kraft ihm zu helfen. Im aller letzten Moment, bevor die Gestalt seine Zähne in sein Opfer rammen konnte, kam Reißzahn und verpasste dem Monster einen gezielten Tritt ins Gesicht. Es ließ auf der Stelle Jan los und verschwand in den Blauen Himmel. Eine seltsame Sprachen erklang bis sie immer leiser wurde, anscheinend war es die Gestalt die ihrem Opfer noch etwas drohte. Jetzt konnte Katja ihren Körper kontrollieren und stand auf.

,,Was...´´ keuchte Jan, dabei stand er auf und sagte brummig: ,,Ich habe dich nicht um Hilfe gebeten also, verschwinde oder hat dich Vater als Wachhund befördert.´´

Reißzahn holte mit seiner linken Hand aus und schlug seinem Bruder so hart gegen den Hinterkopf, dass Jan sich vor Schmerz hinhocken musste. Eine weile beobachte er seinen Bruder, wagte sich um zu sehen und schaute sich auch nochmal Katja an.

Böse zerrte Reißzahn die Beiden zu einem schwarzen Wagen: ,,Du hast dir richtigen Ärger eingebrock. Mal schauen was Vater dazu zu sagen hat

und ob er dir endlich mal die Ohren
langzieht.´´

Wütend versuchte Jan sich von
seinem Bruder loszureißen, aber er
schaffte es kein Stück. Katja wusste
nicht was sie machen sollte und
schaue untätig zu, wie ihr Freund sich
anstellte. In einem kleinen Moment als
Reißzahn unaufmerksam war,
verpasste Jan ihm einen gezielten Tritt
gegen das linke Bein und riss sich los.
Dummerweise war er nicht so
empfindlich, packte seinen Bruder am
Kragen und stieß ihn gegen das Auto.
Wie bei einem Polizisten hatte er Jan
nun fest ihm Griff, in dem er den
Polizeigriff anwendete.

,,Hör jetzt auf mit dem Kinderkram.´´
fauchte Reißzahn und verstärkte
seinen Griff. ,,Du bist kein kleines Kind

mehr, also benimm dich. Übrigens will
Vater nur mit dir reden und euch
nichts zu leide tun.´´

Jan blickte mit einer bösen Grimasse
zurück, sagte aber kein einzigen Ton.
Eine weile geschah nichts und keiner
der Vampire sagte ein einziges Wort.
Da lockerte Reißzahn seinen Griff und
ließ seinen Bruder sich umdrehen.

,,Versteh mich doch mal endlich. Ich
will dich nur vor Vater schützen, oder
ist es dir lieber wenn ich dich einfach
so ins Messer laufen lasse?``
,,Wieso sollte ich dir das glauben?´´
fragte Jan und drehte seinem Bruder
den Rücken zu.

Aber Reißzahn antwortete nicht auf
seine sarkastische Fragen, drehte

sich ebenfalls um und schien sich etwas zu überlegen. Katja verstand nun gar nichts mehr, trat neben ihren Freund und schaute ihm ins Gesicht. Sein Gesichtsausdruck spiegelte die reine Wut wieder, aber er schien auch über etwas sehr besorgt zu sein.

Mit einem lauten Seufzer drehte Jan sich nach einigen Minuten wieder um und meinte ruhig: ,,Sag mir erstmal wo rum es geht. Vielleicht entscheide ich mich danach, ob wir mit dir mitkommen.´´

Darauf gab der ältere von den Beiden Brüdern keine Antwort und starrte wie ein wildes Biest sie an.

,,Komm Jan lass uns gehen.´´ sagte Katja und griff Jans rechten Arm. ,,Ich möchte keinen Ärger mit ihm oder deinem Vater. Es gab schon genug Strapazen, die wir hinter uns haben.``

Auf einmal trat Reißzahn einen Schritt nach vorne, packte Katja an den Schulter und stieß sie in den Wagen, bevor er das Fahrzeug verriegelte. Knurrend wollte Jan seinen Bruder zusammen falten, doch er zog ein Messer und zwei Kabelbinder aus seiner Tasche.

,,Wenn du nicht willst das ich euch mit Gewalt zum Schloss bringe, dann steig sofort in den Wagen.´´

Wortlos blickte Jan seine Freundin im Wagen an, dann ging der Blick zu seinem Bruder. Einige Zeit später nickte er zustimmen zu und stieg widerwillig in den Wagen. Breit grinsend stieg Reißzahn hinter das Steuer und brauste mit den Beiden in einem wahnsingen Tempo davon.

Schadenfreude

Die fahrt zum Schloss verlief
schweigsam und ruhig. Katja blickte
abwechselnd zu den Beiden
Vampiren. Reißzahn blickte sie immer
Finster an, wenn ihr Blick zu ihm
gerichtet war. Jan hingegen schaute
stumm aus dem Fenster und zeigte
mit seiner abweisenden Haltung, dass
er nicht sonderlich begeistert über
diese Situation war. Mit quietschenden
Reifen blieb der Wagen vor dem
Schloss stehen Im Schloss führte
Reißzahn die Beiden sofort in den
ersten Stock. Kurz vor der Treppe die
weiter nach oben führte stand der
Vampirkönig und unterhielt sich mit
einem seiner Diener. Als er die Drei
bemerkte schickte er den Diener weg
und wandte sich ihnen zu. Um ihm
den Respekt zu zeige verbeugte sich
Katja und Reißzahn, doch Jan

verschränkte stumm die Arme. Da griff der König nach vorne, packte seinem jüngsten Sohn am linken Ohr und zog ihn in ein anderes Zimmer.

Als Katja ihm helfen wollte hielt Reißzahn sie zurück. ,,Lass das lieber sein. Vater ist schon schlecht gelaunt genug. Oder willst du das er Jan auf irgendeine Weise etwas zu leide tut. Ich bin gespannt was ihn erwartet.´´ Katja riss sich los, drehte sich zu ihm um und sah ihn böse an: ,,Was soll das heißen? Jan hat nichts gemacht, also lasst ihn bloß in ruhe. Reißzahn fing an auf eine seltsame Weise an zu kichern; ,,Mein Bruder ist genau so doof wie früher, damals ist Vater schon vor Wut geplatzt und hat Jan vor Hundertdreizehn Jahren den Hintern versohlt. Doch nun bin ich gespannt was ihm jetzt wohl blüht.´´ ,,Wieso bist du so gemein?´´ wollte

Katja wissen.

Aber der junge Vampir meinte nur;

,,Wer weiß.´´

Da diese Diskussion zwischen den Beiden länger zu dauern schien, ging Reißzahn ohne ein weiteres Wort davon und ließ das Mädchen einfach so stehen. Um keine Wurzel zu schlagen und sich weiter um Jan sorgen zu machen, ging Katja hinauf in die Bibliothek. Viele mal erzählte Jan ihr von der großen Buchsammlung seines Vaters und lud sie ständig ein sich das mal an zusehen. Nun hatte sie ja eine Möglichkeit sich das mal zu gönnen. In ihrem inneren war Katja auch schon sehr gespannt und hoffte auf etwas spannendes unter der großen Sammlung.

In der Bibliothek wurde sie sofort vom Bibliothekar empfangen. ,,Guten Tag Miss Gray wie fühlen sie sich und wie kann ich ihnen zu diensten sein?´´ Zuerst wusste sie nicht was sie hier überhaupt sollte, ,,Ich weiß nicht so recht. Jan ist etwas beschäftig, da dachte ich, dass es mal zeit ist meine Nase in ein gutes Buch zu stecken.´´

Sofort lief der Bibliothekar davon, kam aber in wenigen Sekunden mit einem Buch in der Hand zurück. Er überreichte ihr das Buch und verschwand wieder zwischen den Regalen. Obwohl Jan ihr vergewissert hatte, das der Bibliothekar im Grunde ein netter Vampir war, machte er sie mit seinem plötzlichen verschwinden nervös. Katja setzte sich auf eine bequemen Sessel in einer stillen Ecke und schlug das Buch auf. Ihr fiel auf das ihr Nachname auf dem Einwand gedruckt war. Gespannt schlug sie die erste Seite auf und was sie da lass, ließ sie nicht mehr los. Nach einer Stunde war Katja mit dem Buch soweit durch, verstand nun woher andere Vampire alles von ihr wussten und stand auf um sich ein wenig zu strecken. Sie gab dem Bibliothekar das Buch zurück und ging auf den Flur. Ein Augenblick später knallte eine Tür auf und Jan kam stinksauer heraus. Katja trat sofort wieder an seiner Seite und waren gerade im begriff das Schloss zu verlassen, doch da kam der König auf die Beiden zu.

Er hielt seinen Sohn an der Schulter zurück und wandte sich an seinen ältesten Sohn: ,,Du bringst dieses Mädchen sicher nach Hause und was dich angeht Jan, du hast Hausarrest. Geh auf dein Zimmer und lass dich heute nicht mehr Blicken.''
,,Was bildest du dir überhaupt ein?''

fauchte Jan seinen Vater fragend an.
Wütend packte der König seinen Sohn
am Kragen und sagte in einem sehr
wütenden Ton: ,,Es reicht mir mit dir.
Du wirst immer mehr ungehorsamer
mir gegenüber und machst nur Ärger.
Doch nun ist Schluss damit,
außerdem ist es erstmal das beste für
euch Beide. Nun tut was ich euch
gesagt habe.´´

Er ließ seinen Sohn unsanft auf den
Boden fallen, blickte seinen ältesten
Sohn böse an und ging schweigsam
in die Richtung des Thronsaales. Trotz
seines schnellen Verschwindens
konnte Katja seine knurren noch eine
weile, in den Fluren hören. Jeder der
den König kannte wusste, das man
lieber gehorchen musste um sein
Leben zu behalten. Selbst wenn eines
seiner Opfer sein eigener Sohn war.
Mit ernster Miene schaute Reißzahn

abwechselnd zu seinem Bruder und zu dem Mädchen. Da es den Beiden überhaupt nicht in dem Sinn stand, Schläge zu wollen oder auf andere weise Schmerzen zubekommen, knurrten die Beiden etwas vor sich hin, bevor sie gehorchten und sich in Bewegung setzten. Bevor Reißzahn mit Katja das Schloss verließ, kicherte er etwas als sein Bruder in seinem Zimmer verschwand. Am Wagen angekommen blickte sie nochmal zurück, hinauf zu Jans Zimmer. Er stand mit einem bedrücktem Gesichtsausdruck am Fenster und blickte ihr direkt in die Augen. So wie es aussah, befand er sich nicht alleine im Zimmer. Wie aus dem nichts tauchte sein Vater hinter ihm auf und sein Blick wurde richtig finster. Dann verschwanden die Beiden aus Katias Sichtfeld und nun machte Katja sich sorgen um ihren Freund. Sehr genervt von ihrer Verzögerung, trat Reißzahn hinter ihr und fing leise an zu knurren. Dann öffnete er die Tür, stieß Katja in den Wagen und knallte die Tür hinter ihr zu. Kurz danach stieg er auch in den Wagen und brauste los.

Schneeweißer Abend

Reißzahn brachte Katja kurz vor
Sonnenuntergang nach Hause. Die
ganze Fahrt über machte sie ihm
große Vorwürfe, diese ließen ihn aber
eiskalt. Sogar ihre Beleidigungen
machten ihm nichts aus. Zu ihrem
oder zu seinem Glück endete die war
nur wenige Minuten. Zwei Straßen
weiter hielt sein schwarzer Mazda vor
einer Spielwiese an und er ließ sie
aussteigen. Böse stieg sie aus,
machte ihre Wut Luft, in dem sie
gegen das rechte Vorderrad trat. Das
er ausstieg war von ihr offensichtlich
beabsichtig gewesen, den Reißzahn
kam mit verschränkten Armen heraus.

,,Jetzt reicht es mir. Zuerst labberst du
mich voll und nun lässt du mein Auto
nicht in ruhe. Also was willst du?´´

Katja drehte sich mit einem ernsten Gesichtsausdruck zu ihm um: ,,Du weißt was los ist. Wieso hast du Jan nicht beigestanden. Vielleicht hättest du ihm den Ärger ersparen können, wenn du nicht so feige wärst.´´

Nun war er es der mit einem bösen Blick da stand: ,,Glaubst du etwa ich habe mit Vater nicht gesprochen. Ich weiß seit der Sache von damals magst du mich nicht und ich mag dich nicht, aber was passiert ist kann man nicht ändern. Ich werden aber nochmal mit Vater sprechen. Er wird Jan schon nichts tun, also mach dir keine Sorgen um ihn.´´

Verlegen kratzte sie sich am Hinterkopf, da wusste er was sie sagen wollte und meinte: ,,Schon okay macht dir um meinen Wagen keine sorgen und ich bewundere deinen Mut. Du bist der erste Mensch, der sich mit einen von uns anfreundet und ihn sogar versucht das Leben zu

retten.´´
Katja fing an zu Grinsen, als sie
merkte das ihre Wangen rot wurden,
drehte sie sich auf der Stelle weg.
,,Danke für die Fahrt, ich werde das
bald wieder gut machen.´´

Mit einem Lächeln nickte er ihr zu,
stieg in den seinen Wagen und
brauste davon. Katja blickte den
Wagen noch eine weile nach bevor sie
sich auf den Weg nach Hause
machte. Schon vor der Tür hörte sie
das verzweifelte Weinen ihrer
Geschwister. Ihre Eltern liefen
ebenfalls verzweifelt hin und her, um
ihre Kinder zu beruhigen. Mit einem
erzwungenen Lächeln half sie ihren
Eltern, schon bei der klang ihrer
Stimme wurden die Zwillinge ruhig
und schliefen einige Minuten später
ein. So müde wie das Ehepaar war,
legten sie sich kurze Zeit danach auch

in ihr gemütlichem Bett. Katja setzte sich nachdenklich auf ihr Bett und schaute hinaus. Es hat wohl in der Zeit angefangen zu schneien, als sie sich mit ihren Geschwistern beschäftigt hatte, denn der Boden war weiß und der Schnee rieselte leise vor sich hin. In ihrer Kindheit gab es sehr viele solcher Schneeweißen Tage und jedes mal gab es einen Familientag, an dem sie draußen Schneemänner bauten und sich danach eine Tasse heißen Kakao gönnten. Ohne das ihre Eltern oder die Zwillinge es bemerkten, schlich sich Katja nach unten zur Garderobe, zog sich etwas über und ging aus dem Haus. Der Schnee war schon fast dreißig Zentimeter hoch als es aufhörte zu schneien und Katja hatte es schwer zu laufen. Die kalte Brise und das Geräusch, des Schnees unter ihren Füßen, ließen einige der schlechten Erinnerung vergessen. Erleichtert schaute sie in den Himmel und genoss den Anblick. Der Nachthimmel war jetzt Sternen klar und der Mond war diesen Abend auch sehr schön an zusehen. Als Katja den Mond so betrachtet, kam ihr die Erinnerung an dem Abend wo Jan ihr zur Hilfe gekommen war. Traurig schaltete sie das Display an und machte große Augen als sie eine Nachricht von Jan hatte. Sofort fing sie an zu schreiben, da ihr der erste Satz nicht gefallen hatte, löschte sie diesen und den Zweiten auch.

Dann überlegte sie eine weile und schrieb: ,,Alles gut überstanden oder muss ich kommen?´´
Wenige Minuten später surrte ihr Handy und sie hatte eine Antwort: ,,Ne alles gut bloß mein Vater spinnt. Hoffentlich gab es bei dir keinen Ärger. Leider kann ich jetzt nur mit dir

Schreiben.´´
Auf der stelle schrieb sie: ,,Warum? Ist
etwas passiert?´´
Jan schrieb mit einem mürrischen
Smiley: ,,Ne aber mein Bruder zieht
gleich mein Handy ein. Aber mach dir
keine sorgen wenn es klappt sehen
wir uns in ein paar Tagen.´´

Er schickte ihr nur noch ein
glücklichen Smiley, bis das Handy für
heute verstummte. Erleichtern von
diesen Nachrichten ging Katja zurück
zum Haus. Ein leises Geräusch ließ
sie vor Schreck zurück schauen. Aber
es gab nichts und niemand von dem
das Geräusch hätte kommen können.
Dann warf sie ein Blick in den Himmel,
aber dort war auch nichts zusehen,
nur Sterne und den Mond. Da es
nichts gab von dem man Angst haben
musste, zuckte Katja mit den
Schultern und betrat ihr Wohnhaus.

Bevor sie sich in ihr Bett legte und schlief, sah sie nochmal nach den Zwillingen. Das Zimmer war immer noch auf eine Hälfte Hellblau und die andere war Rosa. Selbst die Zwillinge schliefen so wie das Zimmer aussah. Katja schlich sich ins Zimmer, sah kurz in Mias Bett und kurz darauf warf sie ein Blick zu ihrem Bruder Leon. Die Beiden schliefen wie die Engel und ließen sich nicht stören. Erleichtert ging Katja zur Tür und schloss sie leise hinter sich. Einige Minuten später schaute sie nochmal nach ihren Eltern, bevor sie selbst schlafen ging.

Ein unschönes Wiedersehen

Zwei Tage später bekam Katja eine Einladung zu einem Fest, des Vampirkönigs, was direkt an Halloween statt fand. Zuerst wollte sie nicht hingehen, aber da es die einzige Möglichkeit war Jan wieder zusehen. Beschloss sie sich es doch zu wagen. Am Nachmittag fragte sie sofort ihre Eltern, doch die Zwillinge waren nur am Quaken. Damit ihre Eltern Hundertprozentig ,,Ja.´´ sagen würden, half Katja ihre Mutter mit den Zwillingen. Als die Zwillinge eine Stunde später endlich eingeschlafen sind, hatten ihre Eltern Zeit für sie. Nachdem sie sich vergewissert hatte, das alles erledigt war und die Kinder schliefen, betrat die älteste Tochter das Wohnzimmer. Erschöpft saß das Ehepaar auf dem Sofa in der Stube.

Katja setzte sich neben ihre Mutter, ,,Mom kann ich mit Jan zu einer Halloweenparty gehen, ein Freund von ihm ist erst kürzlich wieder hergezogen, also darf ich da hin?´´ Bevor ihre Mutter ihr antworten konnte, mischte sich Mr. Gray ins Gespräch ein: ,,Auf keinen Fall! Du bist zu jung für solche Partys. Kennst du den Freund von Jan überhaupt?´´ Katjas Mutter haute ihrem Ehemann ein Spucktuch, der Zwillinge um die Ohren. ,,Jetzt reicht es Schatz unsere Tochter ist keine Elf mehr. Sie ist alt genug um auf Partys zu gehen, außerdem ist Jann bei ihr.´´

Sie fing an zu lächeln gab ihren Eltern jeweils einen Kuss auf die Wange und ging nach oben um sich fertig machen. Eine Stunde hatte sie gebraucht um sich für diesen Abend schön zu machen. Es war schwer sich zurecht zu machen, wenn man nicht einmal wusste, wie man sich bei einem Vampirfest zu kleiden hat. Da entschied Katja sich für leichtes Make-up und ein schönes Kleid. Zuerst müsste sie es erstmal schaffen unbemerkt mit diesem Outfit, dass Haus zu verlassen. Sofort viel ihr ein alter Trick ein, der mal von ihrer Tante angewendet wurde. Unter ihrem Kostüm versteckte sie ein schönes Kleid. Dieser Trick hatte gut funktioniert, denn ihre Mutter achtete nicht darauf, selbst ihr Vater bemerkte es nicht einmal. Am Abend wurde sie von einem Diener abgeholt. Damit ihrer Eltern nicht auf falsche Gedanken kamen, ließ sie sich zwei Straßen weiter abholen. Wie es in der Einladung stand, kam der Wagen der sie abholen sollte, genau um Punkt acht Uhr Abends. Sie stieg in einen schwarzen Mercedes und als sie der Wagen in Bewegung setzte, zog sie sich das Kostüm aus. Katja log ihre Eltern nicht gerne an, aber wenn sie erfahren würden das Jan ein Vampir ist, würden sie den Umgang mit ihm nie wieder zulassen. Manchmal kam ihr der Gedanke ihren Eltern alles zu erzählen, ließ es aber immer im letzten Moment doch sein. Als in der Ferne das Schloss in ihr Sichtfeld kam, fing sie bis an beiden Ohren an zu lächeln. Nachdem der Wagen vor dem Schloss hielt, öffnete der Butler ihr die Tür und ließ sie aussteigen. Zuerst vermutete Katja das die anderen Gäste vielleicht Kostüme trugen, doch im Schloss bewies es sich als Falsch. Die anderen Gäste trugen auch Abendkleidung. Aber wie sie vorher schon gedacht hatte, waren nur Vampire eingeladen worden. Um nicht auf zu fallen mischte Katja sich unter den anderen Gäste und versuchte ihren Freund zu finden. Sie erspähte ihn, er stand bei dem Tisch mit den Getränken und unterhielt sich mit einem Paar. Jan bemerkte Katja sofort, schlenderte durch die Menge und kam auf sie zu. Er trug wie die meisten einen schwarzen Anzug, mit einem weißen Hemd und einer roten Rosen am Jackett. Trotz des Ärgers mit seinem Vater, hatte sein sanftes Lächeln aufgesetzt und verbeugte sich zur Begrüßung.

,,Du siehst wunderbar aus,´´ bemerkte Jan als er nun aufrecht vor ihr stand und sie von oben nach unten anschaute, ,,Sag mal ist das Kleid neu oder hast du es selbst gemacht.´´

Katja trug ein schwarz-blaues Cocktail Kleid, mit silbernen Pailletten   und dazu passende Schuhe.

Sie wurde etwas rote, ,,Nein es war ein Geschenk von meiner Tante. Eigentlich darf ich erst an meinem Achtzehnten tragen, aber ich wollte deinem Vater beweisen das ich solche Vampirsachen ernst nehme.´´
Jan grinste: ,,Das ist schön, übrigens ist mein Vater immer noch sauer auf mich. Vielleicht schaffst du es ja in wieder gut zu stimmen, vor allem nachdem er gesehen hat, wie du aussiehst.´´

Er verbeugte sich leicht um ihr zu signalisieren, dass er mit ihr tanzen möchte. Sie erwiderte die Geste und ergriff seinen Arm. Zusammen mischten sie sich unter die Leute und

fingen an zu tanzen. Obwohl sie kein
so besonderer Tänzer war, gleitet sie
mit Jans Hilfe sanft über die
Tanzfläche. Da Katja ein Mensch war,
zog sie alle Blicke auf sich. Selbst
einige der jungen Damen fingen an,
über sie zu tuscheln. Doch bevor sie
was dazu erwidern konnte, betrat der
König den Saal. Jeder einzelne im
Saal hörten mit dem was sie taten auf
und erwarteten eine Rede. Jan
reagierte etwas genervt, als er seinen
Vater sah und sich für was besseres
hält.

,,Meine verehrten Gäste. Es ist schön
das wir uns wieder zusammen
gefunden haben. Ich wünsche euch
ein schönen Abend und genießen sie
ihre Zeit bei uns. Falls etwas sein
sollte lassen sie mich das wissen.
Sofort werden ich alles zu ihrer
Zufriedenheit erledigen lassen.``

Nun sprachen und tanzten alle wieder wie vorher. Jan hörte auf mit Katja zu tanzen und schaute die ganze Zeit zu seinem Vater, der sich mit seinem anderen Sohn unterhielt. Sie spürte die Wut, die von Jan ausging. Das war auch kein Wunder, ihr Freund hatte es schon immer schwer bei seinem Vater. Um auf etwas andere sich zu konzentrieren zu können, blickte sie sich um. Katjas blick fiel auf eine Dame die sich in der nähe des Thrones befand und wild vor einer Dienerin mit den Armen fuchtelte, anscheinend ist da etwas schief gegangen. Die Dame hatte blondes langes Haar, trug ein schwarzes knielanges Kleid und dazu rote Pumps. Selbst vom weiten konnte man erkennen, das diese Dame eine eingebildete Zicke war.

Katja zog Jan leicht am Arm und fragte ganz leise, damit es kein andere mit bekam: ,,Sag mal wer ist den diese Eingebildete.´´

Er musste sich das Lachen verkneifen, als er ihr eine Antwort schenkte: ,,Das ist die eingebildete Tochter des Grafen von Blood. Sie trägt immer ihre Nase so hoch, es ist mir bis heute ein Rätsel wieso sie so noch nicht gegen eine Wand gelaufen ist.´´

Ein anderer junger Vampir kam auf die Beiden zu. Der Vampir trug genau den selben Anzug wie Jan auch, doch er hatte eine rote Fliege am Anzug, als eine Krawatte und hatte an seinem Jackett eine weiße Rose.

Er boxte Jann gegen die Schulter und meinte Grinsen: ,,Na wie geht es dein meinem Freund dem Prinzen. Sag mal kann es sein das wir den gleichen Anzug habe? Naja bloß meiner passt gut zu meiner Frisur. Wer ist denn diese schöne Dame an deiner Seite?´´ Jan schüttelte den Kopf, ,,Ja ja du bist echt ein Schleimer. Katja darf ich dir den Sohn des Grafen von Blood vorstellen. John mag zwar manchmal mal über die stränge schlagen, aber wenn man Problem hat. Kann man sich auf ihn verlassen.´´

John verbeugte sich leicht vor ihr, schaute sie intensiv an und meinte immer noch gut gelaunt: ,,Ich gebe dir einen guten Rat. Halte dich von meiner Schwester fern. Sie ist anders als ich, dass hat dir bestimmt Jan schon erzählt.?´´

Katja nickte ihm nur stumm zu bemerkte Reißzahn. Er kam mit keinerlei Emotionen im Gesicht auf die

Beiden zu. Ohne große mühe zog er
seinen Bruder bei Seite, dummer
weise konnte sie nicht verstehen, was
die Beiden redeten. Nachdem
Gesichtsausdruck ihres Freundes zu
urteil, machte die Unterhaltung ihn
sehr wütend.

John trat direkt neben ihr, ,,Oh man
Jan muss was schlimmes verbrochen
habe, das sein Vater ihn vorhin vor
allen Gästen eine gescheuert hatte.´´

Katja schaute ihn erschrocken an,
doch nun sagte er nichts mehr. Sie
wollte sich somit nicht abspeisen
lassen und hackte nach.

,,Wenn du schon so anfängst, kannst
du mir doch sagen was passiert ist.´´
meinte sie verärgert.

Er blickte sie so komisch an, um zusehen ob sie das ernst meinte. Darauf sagte er: ,,Nun gut. Es war vor einer Stunde, als es passierte. Ich weiß nicht warum, aber als Jan am Thron stand und sich weigerte sich unter die Leute zu mischen, bekam er ohne Vorwarnung eine Ohrfeige.´´ ,,Das gibt es doch nicht.´´ meinte Katja ernst. ,,Er hat doch nichts schlimmes getan.´´

John hatte keine Antwort auf ihre Aussage und zuckte nur stumm mit den Schultern. Irgendwie war es ihr nicht mehr so geheuer, an diesem Fest teilzunehmen und es beschleicht sie ein komischen Gefühl, das noch etwas passieren könnte.

Nachdem Gespräch kam Jan mit einem Grinsen wieder zu ihnen. Am liebsten hätte Katja ihn gefragt ob es wahr ist, dass sein Vater ihn geschlagen hatte. Sie ließ es aber sein um keine alten Wunden wieder zu öffnen, daher suchte sie sich etwas anderes zum reden. ,,Also was hat Reißzahn gesagt?´´

Jan zuckte mit den Schultern, ,,Also wenn ich jetzt nichts falsches mache ist mein Arrest aufgehoben. Das wird auch höchste Zeit, ich hasse Hausarrest wie die Pest.´´

Katja musste sich ein Lachen verkneifen, da sie genau das gleiche hasste wie er. Im Hinblick waren die Beiden sich sehr ähnlich. Selbst in so vielen Dingen möchten sie das gleiche. Außer was der Buch Geschmack angeht waren sie verschieden. Katja fand sie Twilight Bücher so toll und Jan verabscheute sie, kein wunder in der Geschichte werden Vampire ja ganz anders beschrieben als sie in Wirklichkeit waren. Um seinen Freund zu ärgern stupste John ihn gegen den rechte Arm und grinste. Anstatt ein Grinsen bekam er von Jan einen bösen Blick. Zuerst meinte er sein Gesichtsausdruck ernst, doch dann grinste er ebenfalls und stieß John an während er Katja anschaute. Bevor sie ihm jedoch ein Lächeln schenken konnte, flog plötzlich etwa durch eins der Fenster und landete sanft einige Meter von ihnen entfernt auf den Boden. Es war die Gestalt vom letzten Mal. Kreischend liefen die Gäste wild durcheinander und rannten verzweifelt nach draußen. Das Monster blickte sich mit triefendem Maul, im gesamten Raum um. Jeder einzelner Vampir wurde ausdrücklich von diesem Monster kontrolliert. Um die Gäste nicht weiter in Gefahr zu bringen, lief Jan mit Katja hinaus. Einige Meter vom Schloss entfernt, holte die Bestie die Beiden ein. Es riss Jan zu Boden und verletzte Katja am rechten Arm. Die Gestalt drückte mit der linken Hand sein Opfer zu Boden und holte mit der rechten Klaue aus. Bevor sich die langen scharfen Klauen in ihr Ziel bohren konnten, versetzte Katja dem Monster einen Schlag auf den Kopf. Ein Wutverzerrter schrei kam aus dem Maul des Monster, es ließ von Jan ab und schnappte sich sein anderes Opfer. Das Biest packte Katja, obwohl sie sich vehement gegen es wehrte, hatte das Monster sie fest im Griff. Jan richtete sich knurrend auf und sprach etwas mit dem Monster was sie nicht verstehen konnte. Je mehr das Monster sagte und die Stimme erhob, desto wütender wurde Jan. Katja hoffte inständig, dass das Monster sie los lassen würden doch dann...

Der Biss

Das Monster drückte ihr Kopf leicht zur Seite und vergrub seine scharfen Reißzähne in den Hals seinen Opfers. Sie konnte spüren wie ihr das Blut ausgesaugt wurde und sah ihr Leben vor ihren Augen. Jetzt war Jan richtig wütend, er sprintete auf die Beiden zu und verpasste dem Monster eine Tritt ins Gesicht. Als dieses Monster zurück wich, ließ es sein Opfer fallen und griff in sein Gesicht. Ohne Katja weiter zu verletzen riss er sie von dem Monster weg, und trat dem Monster noch mal ins Gesicht als es, rückwärts taumelte. Es Jaulte durch den zweiten Tritt auf und verschwand in die Dunkelheit der Nacht. Katja taumelte ebenfalls und ging zu Boden. Sofort kam Jan auf sie zu, nahm seine Krawatte ab und wickelte es um die Wunde. Damit sie bei diesen

Temperaturen keine
Lungenentzündung bekommen
konnte, zog er sein Jackett aus und
deckte sie damit zu, bevor er
jemanden zur Hilfe holen wollte. Wie
aus dem nichts kam sein Vater und
sein Bruder und traten hinter ihnen.
Etwas besorgt schaute Jan seinen
Bruder an, bevor sein
Gesichtsausdruck finster wurde, als er
seinen Vater ansah.

Der König der Vampir nahm keine
Rücksicht und fauchte: ,,Wegen
deiner Dummheit läuft diese Wesen
frei rum und hat auch noch diesen
Mensch gebissen. Ist dir überhaupt
klar das keiner weiß, was für folgen
dieser Biss haben wird.''
Jan drehte sich wütend zu ihm um
und fauchte ebenfalls: ,,Es reicht mir
mit deinen klugen Sprüchen. Ich weiß
selbst was es für folgen haben kann.''

Bevor der König noch mehr wütend werden konnte, mischte Reißzahn sich ins Gespräch ein: ,,Beruhige dich Vater. Es ist ja nichts schlimmeres passiert. Wir werden uns um dieses Problem schon kümmern.´´

Jan knurrte etwas vor sich hin, hob Katja hoch und trug sie zum Schloss zurück. Damit keiner der Beiden in noch mehr Schwierigkeiten kommen konnte, wurden sie von Reißzahn und seinem Vater bekleidet. Obwohl es Jan gar nicht gefiel, ließ er diese Eskorte mit sich machen und blicke immer wieder besorgt in Katjas Gesicht. Ihr Gesicht ist durch den Vorfall leichenblass geworden, einige Schweißperlen liefen ihr übers Gesicht und ihre Körpertemperatur ist leicht gesunken.

In der Vorhalle des Schlosses, drehte Jan sich zu seinem Vater um und sagte brummig: ,,Ich schaffe den Rest jetzt alleine, also kümmere dich um deinen Kram.˝

Schon marschierte er in die Richtung der Treppe, vor den ersten Stufen blickte er noch einmal zurück. Jan sah noch für einen kurzen Moment seinen Vater, bevor er mit seinem Bruder im großen Saal verschwand.

Als Katja wieder erwachte bekam sie erstmal einen Schreck, denn sie befand sich in Jans Zimmer und lag obendrein noch in seinem Bett. Vorsichtig versuchte sie sich aufzurichten, was ihr sehr schwer fiel.

,,Was ist passiert?, Wieso bin ich hier?´´ Überlegte sie und sah zum Fenster.

Das letzte mal als sie hier war, wurde Jan als Diener behandelt und war von seinem Vater immer wieder verletzt worden. An dem Tag hatte Katja sich so mies gefühlt, wie an sonst keinen Tag und wollte ihren Freund irgendwie helfen. Zum Glück hat sich das Blatt gewendet, nachdem Jan sich um den Mörder seiner Mutter gekümmert hatte. Auf einmal ging die Zimmertür und jemand trat herein. Zu ihrem Glück war es nur Jan der ihr eine Tasse Tee brachte. Er trat mit dem Lächeln, was jeder von ihm kannte und liebte ans Bett. Dann stellte er die Tasse mit dem Tee auf den einen Nachttisch und setzte sich an ihrer Seite.

,,Hey wie geht es dir? Zum Glück bist du aufgewacht, ich habe mir schon sorgen gemacht. Hoffentlich ist bei dir alles in Ordnung.´´

Katja überlegte erstmal was sie ihm antworten sollte, da sie selbst nicht wusste wie es ihr wirklich geht. Bevor sie eine Antwort finden konnte, betrat der Schlossherr das Zimmer.

Mit einem Finsteren Blickt wandte er sich an ihr: ,,Wie fühlst du dich, dieses Schicksal hätte dich damals getroffen, wenn mein Sohn dich nicht beschützt hätte.´´
Jan wurde wütend und drehte sich ruckartig zu seinem Vater um: ,,Halt doch mal die Klappe, Sie ist gerade erst zu sich gekommen, also geh und komme lieber erst in den nächsten Tagen wieder her.´´

Nun war sein Vater wütend, er packte seinen Sohn und zerrte ihn hinaus. Durch ihr schlechtes Gewissen, wickelte Katja sich in die Decke ein und ging zum Fenster. Sie dachte an die Geschehnisse der letzten Tage und machte sich sorgen um Jan, da er wieder durch sie in Schwierigkeiten steckte. Plötzlich spürte und schmeckte sie Blut an ihrer Lippe, was durch einen leichten Biss auf die Unterlippe, normaler weise nicht kommen durfte. Sofort ging sie zum Spiegel und betrachtete sich im Gesicht. Anscheinend würde sie nun selbst zu einem Vampir werden oder etwas viel schlimmeres. Panisch ging Katja vorsichtig mit ihrer Zunge über ihr Reißzähne, wo vorher ihre Schneidezähne waren. In der zwischen Zeit kam Jan wieder ins Zimmer, seine Miene war nun etwas ernster.

,,Leg dich lieber wieder hin. Ich muss dir was sagen und es wird dir bestimmt nicht gefallen.''

Dr. Klaue

Katja legte sich auf seine Bitte wieder
hin und strich weiterhin mit der Zunge
über ihre Zähne. Jan setzte sich ohne
ihr ins Gesicht zu schauen, neben ihr
aufs Bett. Bevor er jedoch anfing an
zu sprechen, kam ein leises Seufzen
über seine Lippen.

,,Wir sind in großen Schwierigkeiten.
Als wir den Vampirzirkel zu nahe
kamen und ich diese merkwürdigen
Zeilen aufgesagt habe, haben wir
dieses Monster aus seinem langen
Schlaf geweckt.´´

Katja schaute auf, wartete aber bis er
weiter sprach, ,,Mein Vater hat mir
endlich die Wahrheit gesagt. Wenn ein
Vampir sich mit einem Menschen
anfreundet muss er sich in einem

Kampf, die Ehre der Vampire wieder erkämpfen und dieser Kampf geht bis zum bitteren Ende.''

Katja biss sich so leicht wie es geht auf die Lippe, ,,Was ist nun mit mir, werde ich bald wieder normal.''

Nun nahm seine Stimme den freudigen Klang an, den sie an ihm liebte: ,,Ein alter Bekannter von mir kennt vielleicht einen Weg, aber erstmal gehen wir zur dir nach Hause und passen auf die Zwillinge auf. Deine Eltern klangen am Telefon etwas mitgenommen.''

Eine Stunde später waren die Beiden damit beschäftigt die Zwillinge ruhig und ins Bett zu bekommen. Was ihnen aber erst zwei Stunden später glückte. Um Zweiundzwanzig Uhr setzte sich Katja erschöpft aufs Sofa und legte die Beine hoch. Währenddessen machte Jan in der Küche, ihr einen

Tee. Da er schon fast jeden Tag zur Besuch kam, kannte Jan sich so gut aus und wusste wo alles war. Manchmal wusste er sogar besser bescheid wo alles war, im Gegensatz zu Katja. Einige ihrer Freunde dachten so oft, das Jan in ihrem Haus leben würde. Sie war ihm aber sehr dankbar dafür, dass er ihr immer solche Gefallen tat. Gerade als sie ihn rufen wollte, klingelte es an der Tür. Ächzend erhob sie sich, ging zur Tür und schaute verwirrt zu ihrem Freund in die Küche, bevor sie an der Tür ankam. Als sie dem Gast die Tür öffnete, schaute sie erschrocken hinunter. Vor der Tür stand ein kleiner Mann in einem Arztkittel. Er hatte blau-weise Haut, graue Haare und er trug eine große merkwürdige Brille. Jan kam aus der Küche spaziert, schüttelte freudig dem Mann die Hand und lächelte wie immer.

,,Guten Abend Herr Doktor. Das ist meine beste Freundin, von der ich ihnen erzählt habe. Also können sie ihr vielleicht helfen?´´

Sofort ergriff der Doktor ihren rechten Arm, zerrte sie in die Stube und ließ Katja auf den Sessel platz nehmen. Skeptisch beobachte sie was der sogenannte Doktor tat. Selbst das er sofort wusste ,wo das Wohnzimmer war, machte sie stutzig. Elegant schlenderte der Doktor zu dem kleine Tisch neben dem Sofa und stellte seine Tasche darauf. Mit einem schnappenden Geräusch öffnete er die Tasche und wandte sich an seiner Patientin.

,,Ich werde einige Test machen, aber ich kann ihnen nichts versprechen. Vor allem nicht, wenn sie von unserem Heiligen Vampir gebissen wurde.´´

Sofort begann er die Untersuchung, ohne auf ihre Reaktion zu warten. Der Doktor überprüfte ihre Vitalfunktionen und blickte mit erhobenen Augenbrauen Jan an, danach machte er weiter mit der Untersuchung. Ihr Blutdruck wurde gemessen, mit einer kleinen Lampe kontrollierte man ihre Augen und zu guter Letzt nahm der Doktor ihr Blut ab. Anstatt nur ein Röhrchen, nahm man ihr gleich drei ab. Die Untersuchung war nach Katjas Meinung zu schnell vorüber und der Doktor gab ihr nicht mal eine Antwort, auf jede einzelne Untersuchung. Obwohl sie an so einem Benehmen gewöhnt war, machte dieser Mann ihr wirklich Angst.

Mit drei kleinen Glasröhrchen voller Blut, wandte er sich Jan zu: ,,So nun brauche ich ein Labor oder sowas. Welche Raum könnte ich hier nutzen.''

Jan zeigte auf den Flur und meinte, ,,Wenn sie Richtung Haustür gehen, die zweite Tür von links. Aber es ist nur ein kleines Bad, ein Labor gibt es hier nicht.''

Der Doktor ging wortlos an ihm vorbei, schlug die Tür hinter sich zu und schloss sich ein. Der Blick mit dem der Doktor verschwand, ließ ihr das Blut in den Adern gefrieren. Etwas besorgt wandte Katja sich an Jan:

,,Bist du dir wirklich sicher, dass der Doktor mir helfen kann? Er benimmt sich etwas merkwürdig.''
Jan blickte kurz zurück auf den Flur und meinte: ,,Ich bin mir zu

Hundertprozent sicher. Dieser Mann ist schon seit Fünfhundert Jahren ein Arzt und lernt jedes Jahr die neuesten Behandlungsmethoden.´´
Katja schaute ihn entsetzt an: ,,Wie bitte? Der Kerl ist schon Arzt gewesen, als man Hexen verbrannt hatte? Hast du den verstand verloren mir so einen Arzt vor zusetzten?´´

Jan fing an nervös zu grinsen und kratzte sich am Hinterkopf: ,,Es tut mir so Leid. Aber Dr. Klaue ist der einzige mit dem man über solche Dinge sprechen kann. Außer du willst das jeder da Draußen weiß, was mit dir passiert ist.´´
Katja setzte sich anders hin und schaute an die Decke ihres Wohnzimmers: ,,Es tut mir leid, wie ich an deine Entscheidung gezweifelt habe. Aber es ist mir ein bisschen mulmig zumute, wenn mein

behandelter Arzt um mehrere Hundert Jahren älter ist als ich.´´

Um ihre Nerven etwas zu entspannen, ging Jan zu einer Kommode unter dem Fenster neben der Terrassentür und holte einige Brettspiele aus der Kommode. Jedes mal wenn sie zusammen spielten gab es keinen Gewinner, was ihr nicht sonderlich störte. Das letzte Spiel was die Beiden immer spielten war Schach. In diesem Spiel verlor Katja jedes mal. Aber Jan bestand jedes mal darauf, weil er ihren Verstand schärfen wollte. In diesem Spiel wurde sie langsam besser und schaffte es schon Jan in die enge zutreiben. Kurz vor seinem erneuten Sieg, wurden die Beiden unterbrochen. Zwei Stunden sind bis her vergangen, als sich der Doktor wieder zu ihnen gesellte. Das sagte zumindest die Uhr, auf die Katja schaute als die Tür vom Bad auf ging. Der Doktor nahm sich seinen Notizblock, einen Bleistift aus seiner Manteltasche und schriebt eine ganze weile etwas auf den Block. Bei jedem Satz den er anfing zu schreiben, verzog sich sein Blick, auf einer seltsamen Weise. Es verging wieder eine Stunde, bis er endlich fertig war, mit dem schreiben und zu dem kleinen Tisch ging wo sich seine Tasche befand.

Stumm packte der Doktor seine Tasche zusammen, gab Jann einen Zettel und sagte in einem ernstem Ton: ,,Sie mögen zwar der Sohn des Königs sein, aber seien sie gewarnt es wird noch großen Ärger geben.´´ Jan verbeugte sich leicht, und meinte mit einem Grinsen: ,,Vielen Danke, dass sie für uns Zeit hatten. Wenn ich mich revangieren kann, lassen sie es mich wissen.´´

Der Arzt zog sich deinen Mantel an,
als er sich an den Prinzen wandte:
,,Ich werde mich erstmal mit dem
König unterhalten, bevor ich ihren
Dank in Erwägung ziehe.´´

Um Anstand zu zeigen brachte Katja
und Jan ihren Gast zur Tür. An der Tür
drehte sich der Doktor nochmal zu ihr
um und gab ihr eine kleine
Visitenkarte. Als er sich sicher war,
das alles an seinem rechten Platz in
der Tasche verstaut war, öffnete er die
Tür. Stumm verschwand der Doktor in
der Dunkelheit und ließ die Beiden
verwirrt stehen. Bevor die Beiden
wieder ins Wohnzimmer gingen,
schaute Katja, noch eine weile nach
Draußen. Als sie ins Wohnzimmer
kam räumte Jan, gerade die
Brettspiele wieder weg. Erschöpft
setzte Katja sich auf das Sofa und
erwartete, dass sich ihr Freund zu ihr

setzte. So als ob er ihre Gedanken lesen konnte, setzte er sich neben ihr und holte den Zettel aus seiner linken Hosentasche. Sofort lass Jan sich den Bericht durch, erleichtert schaute er auf und grinste,

,,Tja Vater hatte die ganze Zeit unrecht mit dir, selbst ich bin sprachlos.´´
Jetzt stand ihr die Verwirrung direkt ins Gesicht geschrieben. Aber sie hatte keine Gelegenheit eine passende Frage zu stellen.

Auf einmal hörte sie ein Geräusch an der Tür und sprang sofort von ihrem Platz auf. Glücklich traten ihre Eltern in den Flur, nahmen ihrer älteste Tochter in den Arm und legten ihre Mäntel ab. Ohne der Jugend eine Chance zu geben zu verschwinden,

griff Mrs. Gray die Beiden am Arm und schlenderte mit ihnen in die Küche.
Sie nahmen auf der stelle platz und unterhielten sich über den Abend.

,,So ihr Beiden, wie war der Abend mit den Zwillingen? Habt ihr irgendwelche Probleme gehabt?´´ wollte ihre Mutter wissen.
Katja zuckte leicht mit den Schultern und meinte: ,,Es war nichts besonderes auf die Beiden aufzupassen. Außerdem war Jan bei mir und hatte viel Spaß mit den Kindern.´´
Ihre Mutter fing leicht an zu kichern; ,,Es ist schön zu wissen, das ich mich so gut auf euch verlassen kann. Aber Jan muss nicht dauern, seine Zeit bei uns verschwenden.´´
Jan stand mit einem Grinsen auf, trat hinter Katja und legte seine Hände auf die Stuhllehne: ,,Machen sie sich

keine Gedanken Mrs. Gray. Ich kümmere mich gerne um die Zwillinge, außerdem habe ich die Kinder sehr lieb gewonnen.''

Um nicht irgendwelche sorgenvollen Fragen ausgesetzt zu sein, gingen die Beiden raus auf den Flur und zogen sich ihre Jacken an. Einige Meter vom Haus entfernt, blieben die Beiden stehen. Katja war einen kurzen Blick zum Haus zurück, bevor sie sich mit ernster Miene an Jan wandte:

,,So nun sagst du mir was du vorhin damit gemeint hast!''
Er schaute sie nun skeptisch an;
,,Was soll ich gesagt haben?'' Fragte er mit einem amüsierten Ton in seiner Stimme.
Katja zeigte mit einem Finger drohen auf ihn und meinte; ,,Wenn du mir

nicht sofort sagst, was der Arzt auf
den Zettel geschrieben hat, werfe ich
dich die nächste Klippe runter.''

Jan blickte sie immer noch gut gelaunt
an, legte ihr seine Hände auf die
Schultern und meinte; ,,Ich werde es
dir Morgen erzählen, aber solange
musst du dich gedulden. Außerdem
muss ich erstmal mit Vater darüber
reden.''
Ihr Blick spiegelte nun die Angst
wieder; ,,Was? Ist etwas mit mir nicht
in Ordnung?'' wollte sie darüber
hinaus wissen.
,,Keine Sorge!'' meinte er mit einem
ehrlichen Lächeln; ,,Morgen werde ich
es dir sagen versprochen.''

Bevor er Katja alleine ließ, umarmte er
sie. Dann verschwand Jan wie der
Doktor in der Dunkelheit. Da sie nichts
anderes tun konnte, ging sie zum

Haus zurück. Doch an der Tür hatte sie ein mulmiges Gefühl, so als ob etwas, oder jemand sie beobachte. Ohne sich etwas an merken zu lassen, ging sie ins Haus und legte sich sofort ins Bett.

Der Plan

Als Jan zum Schloss zurückkehrte,
sind die Temperaturen gesunken und
der Schnee fing an zu gefrieren. Einer
der Diener kam auf ihm zu, nahm ihm
die Jacke ab und verbeugte sich.

,,Verehrter Prinz euer Vater möchte
sie in der Bibliothek treffen.´´
Mürrisch sagte Jan; ,, Sag ihm das ich
heute keine Zeit mehr habe. Ich bin zu
müde dafür!´´
Mit zitternder Stimme antwortete der
Diener: ,,Aber wenn sie nicht
kommen, wird der König sehr
verärgert sein und sie vielleicht für
ihre Ungehorsamkeit bestrafen.´´
Wütend stöhnte Jan einmal auf und
sagte: ,,Na gut. Ich gehe sofort zu
ihm. Danke für diese Information, sie

können ruhig gehen. Man muss meinem Vater nicht informieren.´´

Schon ging Jan die Treppe hinauf, um seinen Vater in der Bibliothek zu treffen. An der Tür blieb er jedoch zögerlich stehen und griff fest den Türgriff. Bevor er die Tür öffnen konnte, trat Reißzahn hinter ihm. Ohne ein Wort zu sagen, öffnete er die Tür zur Bibliothek und stieß seinen Bruder hinein. Mit einem ernsten Blick schaute Jan seinen Bruder an, dann wandte er sich ab und ging weiter in den Raum hinein. In der Mitte des Raumes, wo sich der Altar befand, erwartete der König ihn bereits. Schweigsam trat Jan vor seinem Vater, ging auf die Knie und ließ den Kopf gesenkt, damit zeigte er noch etwas Respekt, obwohl Jan vor seinem Vater keinen Respekt mehr hatte.

,,Du wolltest mich sehen Vater?´´ fragte er und schaute auf.

Mit einem ernsten Blick wandte sich der König an seinen Sohn, der Ton in seiner Stimme zeigte, dass er von irgendetwas genervt zu sein schien; ,,Vor einigen Minuten hat Dr. Klaue mich in Kenntnis gesetzt, dass er dieses Mädchen untersucht hat und etwas spezielles heraus gefunden hat.´´

Verwundert stand Jan auf; ,,Du klingst nicht gerade überrascht. Wusstest du von Anfang an bescheid?´´

Wortlos trat der König einige Meter vor und stand nun direkt vor seinem Sohn. Plötzlich hob er die Hand und schlug zu. Die Wucht des Schlages riss es Jan von den Füßen und er landete einige Zentimeter rückwärts auf seinen Hintern. Erschrocken legte er seine rechte Hand auf seine rechte

Wange und blickte zu seinem Vater. Aber dabei wollte der König es nicht belassen und kam auf seinen Sohn zu. Wütend riss er seinen Sohn am Kragen hoch und hielt ihn einige Zentimeter vom Boden hoch. Bevor die Faust sein Ziel erneut treffen konnte, trat Reißzahn zu ihnen. Beim Anblick seines Erstgeborenen beruhigte er sich ein wenig, hielt aber Jan immer noch am Kragen.

,,Vater es hat doch keinen Sinn Jan für diese Wendung zu bestrafen. meinte Reißzahn und trat vor. ,,Oder willst du umsonst sein Blut vergießen? ´´

,,Nun Gut.´´ sagte der König und ließ seinen Sohn fallen. ,,Es wäre eine Schande diese guten Bücher zu versauen.´´

Er ging zu Altar zurück, schlug das Buch darauf auf und ließ sich ein bestimmten Text durch. Währenddessen half Reißzahn seinem Bruder hoch und verließ mit ihm die Bibliothek. Einige Minuten später befanden sich die Beiden in Jans Zimmer. Etwas genervt von dieser Situation setzte Jan sich auf sein Bett und strich immer wieder über seine Wange. Der Handabdruck war noch klar zu erkennen und schien etwas blau zu werden. Besorgt setzte Reißzahn sich neben ihm, sein Blick wurde sogar sanft. Sein Bruder fasste das benehmen anders auf und sprang auf:

,,Es reicht. Wenn du mich auch noch schlagen willst nur zu. Ich bin schon für Vater ein lebendiger Boxsack.˝ Kopfschüttelnd stand Reißzahn ebenfalls auf und meinte mit sanfter

Stimme: ,,Och kleiner Bruder ich meine es nicht böse. Du schläfst dich erstmal aus und ich werde mit Vater reden.´´

,,Bah!´´ meinte Jan und trat ans Fenster. ,,Du sagst das immer wieder und was ist bisher passiert? Egal was du mit Vater beredest, er wird mich bis zum Lebensende hassen.´´

Jetzt schien er von seinem Bruder genervt zu sein, denn Reißzahn schlug die Decke auf und schupste Jan auf das Bett. Mit dem Zeigefinger drohte er seinen Bruder:

,,Ich warne dich das letzte mal. Du wirst jetzt schlafen oder ich bin es der dir das nächste mal eine scheuert.´´

Als Reißzahn bereits an der Tür stand sagte sein Bruder: ,,Danke für deine Fürsorge und schlaf auch gut.´´

Als er zu seinem Bruder zurück blickte, lag Jan zugedeckt in seinem Bett und schlief seelenruhig.
Nachdem Reißzahn das Zimmer verließ ging er mit einem ernsten Blick zu seinem Vater zurück.

Ein Augenblick später standen sich die Vampire gegenüber und jeder der von ihnen war auf seine Weise gefährlich. Reißzahn betrachte schweigsam das Buch, bevor er das Wort an seinen Vater richtete:

,,Was du mit Jan gemachte hast, war überhaupt nicht in Ordnung. Hast du das Versprechen vergessen, was du Mutter gegeben hast?''

Der König schüttelte den Kopf, gab jedoch seinem Sohn keine Antwort. Wütend so wie Reißzahn zu sein schien, wäre er gerne auf jemanden los gegangen um sich zu beruhigen. Doch der Gegner den er vor sich hatte, war definitiv die falsche Wahl. Um die Stille und die Zeit verstreichen zu lassen, ging der König in der Bibliothek umher. Es reichte es ihm, wie sich sein Vater benahm und verließ mit eine leisen Knurren die Bibliothek. Viele Minuten lief der Vampirkönig in der Bibliothek umher, bis ein Diener zu ihm eilte und etwas ihm ins Ohr flüstert.

,,Gut.'' Knurrte er, schickte den Diener weg und ging schnurstracks zum Thronsaal.

Hier wurde er von zwei Personen
erwartet, die in schwarzen Gewändern
gehüllt waren. Einer der Beiden zwar
so um die zweizwanzig groß und war
in Bekleidung einer etwas zierlichen
Gestalt, die so um die eins siebzig
groß war. Der König setzte sich auf
seinen Thron und lächelte auf einmal,
was für ihn eigentlich nicht üblich war.

,,Guten Tag Herr Graf. Schön das sie
meine Einladung gefolgt sind. Wenn
es so klappt wie geplant, werden
unsere jüngsten Kinder endlich den
Bund der Ehe eingehen.´´
Der sogenannte Graf trat vor, er klang
etwas beunruhigt als er dem König
erwiderte: ,,Aber euer Hoheit woher
wollen sie wissen, ob ihr Sohn den
Kampf überhaupt besteht.´´
Auf einmal wurde das Gesicht des
Königs breiter: ,,Machen sie sich
keine Sorgen, später werden ich ihm

ins Gewissen reden und nach diesem Kampf werde ich mein Verschwinden vortäuschen und dafür sorgen, dass Jann meinen Platz ein nimmt.´´

Eine Stunde nachdem Gespräch ging der König zu seinem jüngsten Sohn. Verschlafen richtete Jan sich auf, kniff ständig die Augen zu und versuchte sich an das Licht auf dem Flur zu gewöhnen. Um seinen Unmut zu zeigen, drehte er sich um und versuchte weiter zu schlafen. Aber der König wollte ihn nicht lassen und fauchte leise:

,,Ich erwarte von dir das du deine Pflicht, als Prinz erfüllst, oder das Mädchen wird daran glauben müssen.´´

Verschlafen meinte Jan: ,,Schon gut ich tue ja das was du willst, aber lass mich wenigstens noch einige Stunden schlafen.´´

Wütend mahnte der König; ,,Gut aber wehe du enttäuscht mich. Außerdem ist es ja dein Leben was du weg wirfst, falls du versagen solltest.´´

Nun war Jan schon wieder auf Hundertachtzig, doch bevor er sich Luft machen konnte, war sein Vater verschwunden. Anfangs dachte er das diese Unterhaltung ein Traum gewesen sei, aber seine Zimmertür war nicht mehr geschlossen. Übermüdet stieg er aus seinem Bett, schloss die Tür und schmiss sich wieder auf das Bett. Schon als Jan sich in die Decke eingerollt hatte schlief er ohne mühe ein. Draußen auf dem Gang schreite der König in die Richtung zu seinem Zimmer. Kürz vor der Tür wurde er von der größeren

Gestalt empfangen, die im Thronsaal vorhin war.

,,Wie ist es gelaufen?´´ wollte die maskierte Gestalt wissen.
Der König fing wieder an zu lächeln; ,,Macht euch keine Sorgen Graf, ich werde dafür sorgen das nichts und niemand unseren Plan vereitelt, aber sie sollten sich lieber im Hintergrund halten. Es muss ja nicht unbedingt jeder von unserem Plan wissen.´´
Der genannte Graf verbeugte sich vor dem König; ,,Natürlich eure Majestät. Wenn sie mich suchen, sie wissen ja wo ich zu finden bin.´´

Somit verschwand die maskierte Gestalt und sein kichern hallte eine weile durch die Gänge, des Schlosses.

Der Vampirzirkel

Am nächsten Morgen trat Katja in die
Eiskalte Luft. Übernacht schien es
gefroren zu haben, denn der Schnee
knirschte noch lauter unter ihren
Füßen und die Autos der Nachbarn
auf denen kein Schnee lag waren
gefroren. Jan kam mit einem Lächeln
auf sie zu, er trug immer noch keine
dickere Winterjacke. Als er vor ihr
stand wechselte seine gute Laune, zur
einem schlecht gelauntem Knurren.

,,Na wie gehts dir?´´
Sie zuckte mit den Schultern, ,,Naja
soweit geht es, außer das ich mir
Sorgen gemacht habe, was mit mir
nun ist.´´
Mit einem ,,Ähm.´´ kratzte er sich am
Hinterkopf und versuchte sie an zu

lächeln, was nicht sonderlich klappte. ,,Ich weiß nicht wie ich es dir sagen soll, aber du bist schon seit deiner Geburt ein Vampir.´´

Geschockt fiel ihr die Kinnlade runter und sie bekam kein Ton mehr raus. Selbst ihr Blick schien erstarrt zu sein. Um sicher zu gehen ob alles mit ihr in Ordnung war, wackelte Jan mit seiner rechten Hand vor ihrer Nase. Dies hilf ihm aber nicht und er musste sich etwas anderes einfallen lassen. Jetzt hatte er einen sehr fiesen Plan, Jan nahm sich eine Hand voll Schnee und steckte es ihr in den Kragen. Katja schrie durch den Schreck auf, trat ihrem Freund gegen das linke Bein und nahm sich zwei Hände voller Schnee. Anstatt den Schnee in Jans Kragen zubekommen, warf sie ihm das Zeug ins Gesicht. Lachend machten die Beiden eine weile so weiter, bis ein vorbei fahrendes Auto sie an das erinnerte warum und weshalb Katja seit ihrer Geburt ein Vampir sein soll. Da das toben im Schnee sie etwas aus gekühlt hatte, beschließt Jan sich in ihrem Haus etwas auf zu wärmen. Im Flur wurden die Beiden herzlich von den Zwillingen begrüßt. Leon kletterte an dem Bein seiner Schwester hoch und Mia zupfte an Jans Hosenbein, wo darauf hin er sie auf dem Arm nahm. Gemeinsam gingen sie ins Wohnzimmer, wo gerade Mr. Gray den Kamin anheizte. Obwohl überall im Haus Heizungen waren, wollte er lieber die meiste Zeit, es auf die alternativen Methode machen. Katja hat nie etwas dagegen gehabt ab und an den Kamin zu benutzen. Dummerweise haben sich ihre Eltern nie wirklich darauf geeinigt und diskutierten häufig über das Thema. Die Beiden setzten sich mit den Zwillingen auf den Boden. Sofort krabbelten die Kinder davon und kamen mit einigen Spielsachen wieder. Eine ganze weile spielten sie mit den Zwillingen, dann zogen Jan und Katja ihre Jacken wieder an. Traurig sahen die Zwillinge ihnen nach, bis sie die Tür hinter sich schloss. Nach geschätzten hundert Schritten bliebt sie stehen und hielt ihren Freund zurück.

,,Was ist los? Wollte Katja wissen und schaute ihren Freund sehr erst an. Er schaute sich eine weile um, dann drehte er sich zu ihrem Haus um und meinte etwas schlecht gelaunt: ,,Ich muss zum Vampirzirkel um mich diesem Monster in einem Kampf oder so zustellen, sonst zerrt mein Vater mich dort persönlich hin. Aber du bleibst hier bei deiner Familie. Ich will dich nicht in Gefahr bringen.´´

Er wollte sich gerade in Bewegung
setzte, da hielt ihn Katja mit ernster
Miene zurück und boxte ihn in den
rechten Arm.

,,Hast du einen Ding an der Klatsche?
Ich werde dich doch nicht alleine
lassen, wir sind seit damals beste
Freunde und ein eingespieltes Team.´´
Fragen hob er eine Augenbraue hoch;
,,Dir ist doch klar, das es vielleicht
unser letztes gemeinsames
Unternehmen ist?´´
Nun fing sie an ihn an zu grinsen; ,,Ja
ich weiß das, aber einer muss doch
auf dich aufpassen und wenn ich es
nicht tue, wer macht es denn sonst?´´

Jann schüttelte widerwillig den Kopf,
ließ sie aber dennoch mit kommen.
Eine Stunde später kamen die Beiden
am Vampirzirkel an. In der zwischen

Zeit, hatte sich der Zirkel verändert und in der Mitte des steinernen Kreis führte eine Treppe in die Tiefe. Jan blickte Katja skeptisch an und signalisierte, dass es nun die letzte Chance war, heil aus der Sache raus zu kommen. Doch so stur wie sie war folgte Katja ihrem Freund hinunter, als er voran ging. Um nicht aus dem Hinterhalt angegriffen zu werden blieb sie dich an Jan und sah sich soweit wie es ging um. Das Sonnenlicht erhellte den Anfang der Treppe, doch mit jedem Schritt verblasste das Licht und es wurde zunehmend dunkler. Auf einmal brach ein Stück von der Stufe ab, auf der Katja stand und sie rutschte mit dem rechten Bein nach unten. Bevor sie hinunter stürzen konnte, war Jan bei ihr und hielt sie im letzten Moment noch fest. Ohne große Mühe half er ihr bei einigen bröckligen Stufen und sorge dafür das sowas nicht mehr vorkam. Je tiefer sie

kamen, wurde es dunkler und kälter.
Zum Glück hatte sich Katja
entschlossen sich ihre dicke
Winterjacke an zu ziehen. Jan schien
die Kälte irgendwie nicht zu
bemerken, oder es machte ihm nichts
aus, trotz dünner Jacke die er nur
trug. Wenn sie nur daran dachte, dass
sie so eine dünne Jacke tragen
wurde, um so stärker bekam sie eine
Gänsehaut. Plötzlich flog etwas sehr
nahe an ihrem Kopf vorbei und streifte
kaum spürbar Katjas Kopf. Aus Angst
schrie Katja auf und klammerte sich
ganz fest an Jans Arm.

,,Wenn du so weiter machst werden
wir erwischt, oder ich bin taub bevor
wir dieses Monster finden.''
Sie lockerte ihren Griff etwas, ließ
dennoch nicht los. ,,Sorry.''
Er ließ ein genervtes seufzen
erklingen und meinte; ,,Ich weiß echt

nicht wieso ich diesen Mist machen soll. Es ist doch für alle das Beste, wenn Monster und Menschen zusammen leben.´´

Katja wusste wie sich ihr Freund fühlte, wenn sie über das Thema sprachen. Vor allem hatte er recht, es wäre wirklich besser. Somit würden die Vorurteil gegen die Monster verschwinden, die durch die ganzen Horrorfilme entstanden sind. Außerdem könnte sie endlich mal ein Werwolf im wahren Leben kennen lernen, ohne angst zu haben, dass er sie einfach zu verschlingt. Jan war ja der lebende Beweis dafür, das diese Horrorfilme totaler Schwachsinn sind, obwohl er ein Vampir ist hatte er noch nie einen Menschen wirklich geschadet. Trotzdem konnte Katja nichts an dieser Situation ändern, sie war aber froh, ihn als ihren Freund zu haben. Jan seufzte etwas vor sich hin und setzte sich wieder in Bewegung. Nun verschwand der endlose Abgrund, eine Wand auf beiden Seiten und eine Decke nahmen den Platz ein. So fühlte Katja sich sicherer und ihre Beine hörten etwas auf zu zittern. An einer Kreuzung ertönte ein leisen bedrohliches Knurren. Abbrummt blieb Jan stehen und machte sich Kampf bereit. Aus der Dunkelheit trat eine Gestalt, aus dem rechten Korridor und stellte sich ihnen in den Weg. Es war ein Vierzig jähriger Mann mit einer blassen, valen Haut. Die Kleidung an seinem Körper waren alt und zerschlissen.

,,So du bist der Nächste der sich mit unserem Meister anlegen wird. Ich bin mal gespannt ob du genau so wie wir ein Sklave wirst und für immer im Reich unseres Gottes bleiben musst.''

Böse sagte Jan knurren; ,,Ich weiß nicht von was du da quatscht, aber ich habe nicht vor hier zu bleiben.''
,,Sei nicht so vorschnell, oder du wirst es noch bitter bereuen.''

Die Gestalt drehte sich mit einem Grinsen um und verschwand wieder in der Dunkelheit. Da Katja kein Ton raus bekam, schluckte sie und festigte ihren Griff. Jan ließ diese Sache kalt und ging stumm weiter hinunter. Hier wurde es langsam helle und an einer nächsten Kreuzung, hingen Fackeln und führten geradewegs nach Unten. Die Beiden kamen am Ende der Treppe an und befanden sich nun in eine kleine Höhle. Hier waren die Fackel gerade erst angezündet worden, und schienen nicht so hell leuchten zu können. Es fiel Katja schwer in der Ferne etwas sehen zu können. Aber wie immer hatte ihr

Freund damit keine Probleme. Der Raum in dem sie waren war nicht sonderlich groß, trotzdem war es hier etwas wärmer. In der Mitte des Raumes befand sich eine größere Steinsäule, mit einer seltsamen Schrift. Die Farbe der Säule wich sehr von den Wänden ab und war nicht so voller Staub, wie der Rest des Raumes. Jan schlenderte zum Stein, hockte sich hin und übersetzte die Schrift. Aus reiner Vorsicht ging Katja einige Schritte durch den Raum, dann zur Treppe und hockte sich hin, während sie zu hörte.

,,Du der das hier ließt, ab hier beginnt deine Prüfung. Stelle dich unserem Gott und beweise somit deinen Wert, aber gib acht. Verlierst du wird dein zukünftiges Leben in ewiger Finsternis sein.´´
,,Was soll denn das bedeuten?

˝,fragte Katja und stand nun wieder grade.

Ihr Freund zuckte fragend mit seinen Schultern, trat einen Schritt von der Säule zurück und berührte eines der Symbole. Aber es geschah überhaupt nichts und beiden haben beschlossen zu gehen. Auf einmal erschütterte die Erde, ein riesiger Stein kam von der Decke herunter und stürzte auf sie zu. Fast wäre Katja vom Felsen erschlagen worden, wenn Jan nicht so schnell reagiert hätte. Durch die Erschütterung fielen noch weitere Steine herunter. Schützend hielt er die Steine ab, als Katja sich duckte. Als die Gefahr vorbei zu sein schien standen die Beiden auf. Entsetzt aber wütend zu gleich warf Jan einen Blick zur Treppe. Der Felsen ist direkt vor der Treppe gelandet und versperrte somit den einzigen Ausgang. Nun gab es kein entkommen mehr und sie müssen nun dem Monster gegenüber treten. Katja schreckte etwas zurück und stolperte fast über einzelne kleine Steine, die jetzt im gesamten Raum verteilt waren. Jan trat an ihrer Seite und schaute sich den Stein genauer an:

,,Nun gut jetzt haben nur noch eine Wahl. Vielleicht lässt uns die Kreatur irgendwie wieder raus, wenn ich sie besiege.´´
,,Bist du dir wirklich sicher, dass dieses Wesen mit sich rede lässt? Oder auf irgendeine Weise diesen Felsen weg bekommt?´´ fragte Katja skeptisch.
,,Ein versuch ist es alle mal wert.´´ meinte Jan voller Entusiasmus in seiner Stimme und grinste wie immer.

Ohne auf ihre Antwort zu warten, die sie auf seinen optimistischen Ader hatte, drehte er sich von der Treppe weg und ging zu einem Tunnel, der sich gegenüber der Treppe befand. Dieser Eingang war in einem sehr guten Zustand und seltsame Symbole zierten den Weg. Wortlos folgte Katja ihm, doch je näher sie dem Monster kamen, um so mehr bekam sie Angst. Vor allem wenn die Chance sehr hoch war, das Ihr Freund für immer hier unten bleiben müsste. Sie musste den einen Tag ha mit ansehe, wie das Monster seine Kraft demonstrierte und ohne Probleme, Jan niedergetreckt hatte. Wäre Reißzahn nicht gewesen.... Den Rest wollte sie sich lieber nicht vorstellen. Als Jan merkte wie viele Sorgen sich Katja machte, blieb er auf der Stelle stehen und lächelte sie an.

,,Hey mach dir doch keine Sorgen.''
Darauf meinte sie; ,,Du hast leicht
reden. Weißt du wie ich mich fühle.
Ich will meinen besten Freund nicht
verlieren.''
,,So schnell bekommt dieses Monster
mich nicht klein.'' meinte er mit einem
breiten Grinsen. ,,Außerdem bin ich
sehr zäh, selbst Vater beißt sich
häufig die Zähne an mir aus.''
,,Na gut du hast gewonnen.'' sagte
Katja und stellte sich die Situation vor,
wie Jan bei einem Streit über sein
Vater siegte.

Da die schlechte Stimmung nun
vorüber war, setzten sich die Beiden
wieder in Bewegung. Die Symbole an
den Wänden wurden mit jedem Schritt
etwas besser und hatte auch mehr
Farbe. Anscheinend wurden sie in
diesem Teil, des Tunnels gepflegt und
auf vor der man gehalten. Nicht so wie

die Symbolen bei der Treppe, wo sie schon ausgebleicht und kaputt waren. Viele der Zeichen glichen den ägyptischen Hieroglyphen, anderen hingegen kannte selbst Katjas Lehrer nicht, der sie in Geschichte unterrichtete. Manchmal über nahm auch mal Jan den Unterricht, was auch kein Wunder war. Da Jan schon einige Jahre auf den Buckel hatte, wusste er genau wie der erste Weltkrieg wirklich ablief. Damit aber der Lehrer keine Panik bekam, erzählte er immer das sein Großvater alles erlebt hatte. Für Vampire war es darum ja nicht einfach ihre Intenitat aufrecht zu erhalten, wenn so ein daher gelaufener Lehrer etwas anderes erzählte. Auf einmal wurde sie aus ihren Gedanken gerissen, als eine Bekannte Stimme mit ihr sprach und sie blieb sofort stehen

,,Da steht etwas auf unserer alten Vampirsprachen.''

Verwundert blickte Katja ihren Freund an und schien etwas verwirrt über sein plötzliches Sprechen zu sein; ,,Wie bitte?''

Nun blickte Jan sie ernst an; ,,Ich habe dir gerade zu verstehen gegeben, dass die anderen Zeichen unserer alte Vampirsprache darstellt.''

Ihr Blick wurde zunehmend verwirrter und skeptisch: ,,Willst du mir damit sagen, dass es euch Vampire schon zur selben Zeit gegeben hat, wie die Ägypter?''

,,Ja das will ich dir damit sagen.'' nun wurde sein Grinsen breiter; ,,Ich werde dir bald mal meinen Freund vorstellen. Er wird es dir beweisen, aber jetzt kümmern wir uns um dieses Monster oder was es auch immer ist.''

Erleichtert aber sehr gespannt auf den Bekannten von Jan ging Katja an seiner Seite weiter voran in die Richtung, die von den Symbolen und Fackel gezeichnet wurde. Die Flammen der jeweiligen Fackel schienen beim vorbei gehen, zu tanzen und erloschen kurz darauf. Um sicher zugehen das Katja sich vielleicht irren könnte oder ob es eine Sinnestäuschung war, drehte sie sich um. Aber ihr Blick ging in die Dunkelheit. Ohne das die Beiden es vorher bemerkt hatten, waren alle Fackeln hinter ihnen erloschen. Dies war aber nicht das einzige Problem. In der Ferne nahm sie auch noch ein merkwürdiges Geräusch war. Jan bemerkte es auch, drehte sich um und lauschte eine weile den Geräuschen. Sein Blick verriet ihr schon, dass etwas nicht Stimmte. Ohne ihr irgendwelche Sorgen zu machen drehte er sich wieder um und ging in einem normalen Tempo weiter. Sie machte es ihm gleich, bekam aber wieder einen Anflug von Angst.

,,Was ist denn los?´´ fragte Katja und versuchte die Angst in ihrer Stimme zu verbergen.
,,Wir werden verfolgt!´´ sagte er ernst und beschleunigte sich ein kleines bisschen. ,,Dreh dich nicht um und versuch etwas schneller zu laufen, ohne auf zufallen. Ich weiß nicht ob es zur Prüfung gehört, aber ich will es auch nicht herausfinden.´´

Da war sie der gleichen Meinung und versuchte nun mit Jan mit zu halten, was etwas schwer fiel. Trotzdem schaffte sie es und war erleichtert ihren Freund an ihrer Seite zu wissen. Jedoch ihre Erleichtert wurde erst zunehmend größer als die Beiden endlich, das Ende des Tunnels erreichten und die Geräusche in der Dunkelheit leiser wurden. Da es so Still auf einmal war, drehte Jan sich um und lauschte erneut nach der Gefahr. Erleichtert seufzte er auf und betrat mit Katja den Raum vor ihnen.

Die Prüfungen

Im Raum in dem sie nun waren,
befanden sich sechs Steinplatten und
er war nur schwach beleuchtet.
Sonderlich groß empfanden die
Beiden den Raum nicht, aber der
äußerlich Schein kann auch trügen.
Zwischen den Platten, schien es einen
Abstand zwischen 2 Metern zu geben.
Jan sprang schon weitere
Entfernungen, hatte aber unter sich
einen Boden den ihn ermutigte nicht
runter zufallen. Katja warf einen Blick
hinunter und sah nur ein Loch aus
reinster Finsternis. Um zu wissen wie
Tief dieses Loch war, warf sie einen
kleinen Kiesel hinunter. Erst nach
vielen Minuten hörte man das
Geräusch wie er auf schlug, aber für
ihren Geschmack war es viel zu leise.
Schnell sorgte sie für ausreichendem
Abstand von der Kante. Jan schien

das gedämpfte Geräusch auch nicht zu gefallen und sah sich im gesamten Raum um. Nun stieg die Angst wieder und Katja blickte ihren Freund panisch an.

,,Wie sollen wir unbeschadet rüber kommen? Ich kann auf keinen Fall so weit springen.´´
Jan schien etwas sich im Kopf zu überlegen und rede kurz mit sich selbst, bevor er sich ihr zu wandte: ,,Warte hier bitte auf mich. Ich schaue mal ob da drüben etwas gibt, mit dem ich dich holen kann.´´

Stumm nickte Katja ihrem Freund zu, beobachte wie er Anlauf nahm und auf die erste Platte sprang. Unter seinen Füßen bröckelte die Platte, doch er blieb die ruhe selbst. Bei den nächsten Beiden Platten hatte er schon ein paar Schwierigkeiten, dass Gleichgewicht zu halten. Katja konnte es nicht begreifen, wie er es schaffte trotz der Gefahr so ruhig zu bleiben. Wenn sie da stehen würde, wäre sie schon in Panik geraten. Wäre es der normale Sportunterricht oder irgendwo anders hätte man seine ruhige Haltung verstehen können. Bei den letzten Sprüngen fieberte Katja mit und sah ihren Freund, vor ihrem geistigen Auge in die Tiefe stürzen. Zum Glück war ihr Freund schon auf der vierten, dann war er auf der fünften Platte und hatte nur noch ein kleines Stück vor sich. Jan nahm wieder etwas Schwung und sprang von der fünften Platte auf die letzte. Plötzlich flog etwas haarschaff an seinem Gesicht vorbei, wo bei er das Gleichgewicht verlor und stürzte. Im aller letzten Moment griff er mit seiner rechten Hand an die Kante der Platte und stoppte so mit seinen freien Fall.

Nun war sein Gesichtsausdruck entsetzt und schaute in die Tiefe. Katja konnte nur mit ihm bangen und musste alles mit ansehen. Selbst sie hatte dieses etwas bemerkt und schaute sich um, falls sie etwas sehen wurde, könnte man ihn somit rechtzeitig warnen. Als Jan sich sicher war ,das nichts weiter auf ihn zu kommt, hievte er sich hoch. Um nicht gleich wieder zu stürzen, bewegte er sich langsam nach oben. Nachdem er wieder sicher auf der Platte stand, schaute Jan in ihre Richtung und zeigte ihr das alles in Ordnung sei. So wusste schon von Anfang an, das er es nicht ernst meinte und sie nur beruhigen wolle. Sie fand es toll, wie er sich um seine Freunde kümmert und die Bemühungen die er immer aufbrachte, um seine Freunde wieder auf zu bauen. Als Katja etwas erleichtert war, kümmerte Jan sich nun um sein eigentliches Ziel. Das

sichere Ende des Raumes befand
sich nun vor ihm, ohne große Mühe
sprang Jan rüber und blickte sich um.
Wie im Raum zuvor fing es an zu
beben und zwischen den Platten tat
sich ein Fester Boden auf. Ohne Zeit
zu verlieren lief Katja auf die andere
Seite. Seltsamer Weise flog dieses
mal nichts von irgendwo her, um die
Person zu treffen die es wagte, auf die
andere Seite zu wollen. Als Katja nun
auch auf der anderen Seite war,
wurde Jans Blick etwas beruhigter
und er lächelte sie an. Wortlos gingen
die Beiden weiter in den nächsten
Raum.

Der Raum in dem sie nun waren,
schien mehr einem Wald, oben an der
Oberfläche zu gleichen als eine
Höhle. Denn hier standen viele große
Eichenbäume, die durch eine Spalt an
der Decke auf eine merkwürdige Art

beleuchtet wurden. Dieser Wald sah fast genau so aus, wie der im Park. Das dachte Katja zu mindestens, Jan war aber nicht beeindruckt und schaute sich ernst um. Katja schaute sich ebenfalls im Raum um, zu mindesten wie es die Bäume zu ließen. Es viel ihr schwer bis zu Ende zu sehen, dennoch erkannte sie in welcher Richtung sich der Ausgang befand. Obwohl er selbst wusste wo es lang geht, wanderte sein Blick weiter durch den Raum, anscheinend suche er etwas, oder jemand. Katja konnte keine Gefahr erkennen oder sehen, daher drehte sie sich kurz zu ihm um und meinte:

,,Also ich sehe keine Gefahr. Komm ich will so schnell wie es geht nach Hause. Meine Eltern machen sich sonst noch sorgen um mich.´´

Jan war irgendwie beunruhig und reagierte nicht mal auf ihren Satz. Da ihr Freund regungslos da stand entschloss sich Katja voran zu gehen und ging los. Ohne zu warten ging sie zwischen den ersten Bäumen durch, bis ein Geräusch ertönte und Jan sie blitzschnell zurück zerrte.

Böse schlug sie seine Hand weg, ,,Spinnst du?´´ fauchte sie: ,,Du sollst mich nicht immer so erschrecken.´´ ,,Sorry das ich dir dein Leben gerettet habe.´´ meinte er brummig. ,,Was willst du mir damit sagen, ich hätte mich auch alleine gerettet.´´ sagte sie Katja selbstsicher.
Aber Jan meinte nur; ,,Ja klar aber ohne mich wäre dir das passiert.... und du würdest nicht mehr hier stehen.´´

Verwirrt blickte sie ihn böse an und erwartete eine Antwort. Wortlos zeigte er auf die Stelle wo Katja gerade noch gestanden hatte. Ihr Gesicht verlor jegliche Farbe, als sie sah was gerade passierte. Da wo sie gerade noch stand, ragten mehrere Pfeile aus dem Boden, mit der Spitze im Stein versunken. Wäre ihr Freund nicht gewesen, wurde Katja nun mehrere Löcher im Leib haben. Um sich im klaren zu sein, wie gefährlich die Pfeile waren, warfen die Beiden einen Blick darauf. Die Pfeile sahen sehr gewöhnlich aus, aber bei näheren hinsehen konnte man erkennen, das die Spitze und der Rest aus Metall bestand. Die Federn waren schon alt und zerschlissen. Bei der Vorstellung, dass so Pfeil ohne weiteres durch ihr hindurch gegangen wäre, sorgte dafür das sich Katjas Magen umdrehte. Damit sie ihren Mageninhalt drin behielt, versuchte sie sich wie ihr

Freund um zusehen. Da es nichts gab was Katja erblicken konnte, drehte sie sich in die Richtung, des vermeintlichen Ausgang. Stumm hockte Jan sich neben ihr, und wies mit dem Kopf zum Ausgang. Sofort verstand sie was er wollte, vorsichtig kletterte sie auf seinen Rücken, ohne ihn auf irgendwelche Weise zu verletzen und krallte sich an ihm Fest, als er los lief. Besser gesagt er Sprang über die Bäume hinweg, bis er den Ausgang erreichte. Sie konnte es kaum fassen, Jan landete auf jedem Ast als ob er eine Feder sei und er verlor nicht einmal das Gleichgewicht. Sogar als der eine oder andere Ast unter ihnen brach, war er die ruhe selbst. Erleichtert lockerte sie ihren Griff als Jan mit ihr auf dem sicheren und festen Boden stand und keine Pfeile auf sie zu kamen. Er ließ Katja wieder runter und zeigte auf die Bäume. Von ihrer Stelle aus konnte man in den Baumkronen mehrere Armbrüste erkennen, die auf den Weg gerichtet waren. Jede einzelne Armbrust war mit einem Mechanismus verbunden, der durch einen Fehltritt auf einen bestimmten Stein, auf dem Weg ausgelöst wird. Bevor Katjas Welt sich verändert hatte dachte sie solche Falle wären nur in Actionfilme so, doch seit sie Jan kennengelernt hatte, er fies sich viele Dinge als wahr. Nun machte sie sich nicht über die Leute lustig, die immer in den Filmen in die Falle ging. Da ihre Aufmerksamkeit mehr auf die Falle gerichtet war, machte sich ihr Freund sorgen und betrachtete sie von oben nach unten. Jan versicherte sich das ihr nichts fehlte und ging in den nächsten Raum. Eine weile später ging sie ihm nach, als sein fehlen sie aus ihren Gedanken riss.

Dieser Raum in dem sie nun waren, hatte es in sich, schon im Gang spürte man eine üble Hitze. Um sich von der Hitze zu schützen zogen die Beiden ihre Jacken aus und es war für sie sehr erleichtern etwas Wärme von sich los zubekommen. Im Raum lief Katja etwas voraus, blieb aber nach wenigen Metern stehen und sah erschrocken nach untern. Am Grund dieses Raumes ruhte eine großer See, aus kochend heißer Lava und nur ein schmaler brüchiger Weg, führte dort rüber. Jan kam mit verschränkten Armen näher und sah unbeeindruckt hinunter.

,,So dies ist wohl die letzte Hürde, die wir bewältigen müssen.´´

Fassungslos blickte sie ihm nach, wie konnte er bei dem Anblick der Lava so ruhig bleiben. Sein Körper würde, so wie von ihr auch schon in der nähe der Lava verdampfen und nicht einmal Asche würde übrig bleiben. Naja das sagte jedenfalls ihre Biologie Lehrerin, die nicht einmal an die Existenz von Monster und anderer solchen Sachen glaubte. Jan ging näher zum Weg, hockte sich hin und tastete den Weg sorgfältig ab. So als ob ihm ein genialer Einfall kam, stand er auf und zog Katja an sich. Sie konnte nicht verstehen, wieso er bei so einer Hitze unbedingt sie so nah an sich haben wollte. Ihr lief schon der Schweiß , als sie erst im Gang vor diesem Raum waren, doch nun fühlte sie sich, als ob ihr Körper schmelzen würde.

,,Egal was passiert, oder was du hört lauf einfach weiter und bleib bloß nicht stehen.´´

Stumm nickte sie ihm zu und lief auf sein Signal los. Schon nach wenigen Minuten hörte Katja ein lautes Grollen und dann brach der Boden denen sie schon überwunden haben weg. Dummerweise brach der Weg immer schnell hinter ihnen weg, je näher sie dem Ausgang kamen. Selbst Jan schien diese brenzlichen Situation gar nicht zu gefallen und er wurde schneller je näher die Steine unter ihnen wegbrachen. Jetzt konnte sie ihr Tempo nicht mehr mit ihren Freund anpassen und ließ sich buchstäblich von ihm mit reißen. Plötzlich brach der Stein unter Katja und sie stürzte in die Tiefe. Im aller letzten Moment ergriff Jan ihr rechtes Handgelenk, zog sie während er lief hoch und sprintete den Rest des Weges, bis sie sicheren Boden unter den Füßen hatten. Erleichtert legte sie sich auf den Boden und schaute ihren Freund an. Obwohl sie wie verrückt schwitzte,

hatte ihr Freund nicht mal eine kleine Schweißperle im Gesicht.
Schweigsam schaute Jan sich die Hürde an, die sie gemeinsam überwunden haben. Das einzige was von dem Weg übrig geblieben war, waren die Teile die langsam in der Lava versanken. Danach wanderte sein Blick wieder zu Katja, die immer noch schwer atmete am Boden lag und versuchte ihren Körper zum aufstehen zubewegen.

Er setze sich neben ihr, ,,Na wie gehts dir? Soll ich dich von nun an tragen?´´ Durch die Hitze waren ihre Bewegungen etwas langsamer, den ihr Schlag traf Jan kaum merklich an seinem Knie. ,,Du bist doof. Hilf mir einfach hoch und lass uns hier verschwinden.´´
Mit einem Grinsen stand aber auf, hielt ihr seine rechte Hand hin und meinte: ,,Klar wenn du meinst, Aber

ob ich dich nachher trage soll, braucht
du mich erst gar nicht fragen.´´

Katja konnte ihn irgendwie nicht
verstehen, seine Chancen das zu
überstehen waren nicht besonders
gut. Trotzdem blieb er die ruhe selbst
und sprach über Sachen die sie
nachdem Kampf machen werden.
Obwohl es noch nicht einmal sicher
war, dass Jan wieder mit ihr zurück
kommen würde. Die Tatsache das es
etwas gab wo ihr Freund nicht mal
den Hauch einer Chance hatte,
machte ihr sehr Angst und sie machte
sich große Vorwürfe. Daher beschließt
Katja ihren Freund zur Seite zu stehen
und wenn es sein muss würde sie ihm
auch im Kampf unterstützen. Um Jan
nicht auf irgendeine Weise zu
beunruhigen schenkte sie ihm ein
Lächeln und ergriff seine Hand. Er fing
an breiter zu grinsen, half ihr

vorsichtig auf und ging mit ihr los.
Zum Glück wurde die Hitze im Tunnel
etwas weniger, aber hier gab es auch
keine Fackel oder sonst eine Art von
Licht. Die Dunkelheit machte es Katja
schwer die Orientierung zu behalten,
selbst wo Vorne und Hinten war,
konnte man nicht unterscheiden.
Damit sie nicht orientierungslos in der
Dunkelheit umherirrte, ergriff Jan ihren
rechten Arm und führte sie. Was auch
das beste war, denn Katja wäre fast in
die falsche Richtung gelaufen. Er
konnte so wenig wie sie in der
Finsternis sehen, aber durch seine
Fähigkeiten orientierte er sich an den
Geräuschen von ihren Schritten, die
von der Wand zurück geworfen
wurden. In der Dunkelheit versuchte
sie in das Gesicht ihres Freundes zu
Blicken, da es ihr nicht gelang ging ihr
Blick wieder stur nach vorne. Obwohl
man sein Gesichtsausdruck nicht
sehen konnte, spürte man durch

seinen Körpersprache, dass er sehr angespannt war.

,,Wie lange geht es so weiter? Ich sehe meine Hand vor meinen Augen nicht ´´ meinte Katja und festigte ihren Griff an seinen Arm
,,Es dauert nicht mehr lange!´´ sagte Jan und beschleunigte sein Tempo ein bisschen. ,,Es sind noch einige Schritte gerade aus, dann wird es wieder hell.´´

Es geschah genau wie er es ihr gesagt hatte, nur wenige Schritte weiter gerade aus wurde der Gang heller und man konnte die einzelnen Steine erkennen. Hinter dem langen dunklem Gang befand sich ein viel größerer Raum als einen zuvor, der sich hier unten befand. Die Mitte des Raumes wurde von eine Spalt an der

Decke beleuchtet. Verblüfft ließ Katja ihren Blick durch den gesamten Raum wandern. Einige Meter gingen die Steinwände nach oben, aber die weiteren 30 Metern, glichen den Wänden einer Höhle. Leider konnte sie nicht erkennen von was das Licht stammte. Angespannt sah Jan sich nur im unteren Bereich dieses Raumes um. Sofort als er ein Geräusch vernahm ging sein Blick in den Bereich der vom Licht beleuchtet wurde. Ins Licht trat der Herr dieses scheußlichem Ort und grinste die Beiden an.

Als es anfing zu sprechen war Katja etwas verwirrt, denn nun sprach das Monster genau wie sie auch: ,,Endlich seit ihr da, ich habe schon gedacht, dass ihr mich wieder enttäuscht würdet. Also wer von euch Beiden wird sich mir in einem Zweikampf stellen?"

Jan trat vor dabei wechselte sein Grinsen zu einem ernsten Gesichtsausdruck und verschränkte die Arme: ,,Ich werde gegen dich Kämpfen, aber nur wenn du Katja in ruhe lässt und sie wieder nach Hause bringst, egal wie dieser Kampf auch ausgeht." ,,Meinet wegen!" meinte das Monster ruhig. ,,Es geht ja nur um dich. Du bist der Vampir, der gegen die älteste Regel der Vampire verstoßen hat."

Jan ließ ein Knurren verlauten und sagte Böse: ,,Gut aber du solltest nicht vergessen, dass ich mich nicht so schnell besiegen lasse."

Die Gestalt trat einige Schritte vor schnippte mit den Fingern seiner rechten Klaue und grinste nun breiter. Bei einem Geräusch wirbelte Katja sich um und erstarrte was sie nun sah. Jan hingegen fing leise an zu knurren. Dutzende Vampire mit zerschlissenen Klamotten kamen aus der Dunkelheit und umzingelten die Drei. Ein weiterer Vampir kam mit zwei Schwertern zu seinem Meister, ging vor ihm auf die Knie und reichte ihm die Schwerter.

Er nahm sich eins und warf es direkt vor den Füßen seines Gegners; ,,So nun nimm dir das Schwert und zeig alles was du kannst. Aber wenn du diese Herausforderung verlieren solltest bist du für den Rest deines Lebens mein Sklave.´´

Jan nahm das Schwert an sich, trat vor dem Monster und nickte ihm verständlich zu. Ein Augenblick später begann der Kampf, Funken flogen als die Schwerter auf einander schlugen. Das Monster fing an zu grinsen und verstärke seinen Angriff, bei jedem Hieb. Katja hielt lieber abstand, dummerweise konnte sie nicht so weit zurück gehen, da die anderen Vampire ihr den weg versperrten. Währenddessen hatte Jan es nicht leicht den Angriffen des Monsters aus zu weichen und einen eigenen Treffer zu landen. Bei einem erneuten Treffer flogen noch stärker die Funken und durch die Kraft die dahinter steckte, wichen die Beiden von einander zurück. Mit einem breiten Grinsen meinte das Monster:

,,Ist das schon alles? Von einem Sohn des Vampirkönig hätte ich mir deinen Angriff besser vorgestellt. Oder bist du einer von der Sorte, die noch Hilfe von ihrem Papi brauchen.´´

Ihr Freund ließ ein wütendes Knurren verlauten, das Katja schon befürchtete das er was unüberlegtes tat. Es kam zum Glück anders als sie es befürchtet hatte. Jan wendete nun eine andere Strategie an, um seinen Gegner zu verwirren kam er von links angelaufen und griff in wirklich kein von der rechten Seite an. Dies ahnte dieses Monster, holte mit dem Schwert aus und parierte somit den Angriff. Dabei versuchte er seinen Gegner zu verletzen, verfehlte aber sein Ziel um einige Millimeter.

,,Ich habe noch was im Ärmel, also pass bloß auf!'' brummte Jan und holte wieder mit dem Schwert aus.

Diesmal erwischte er das Monster direkt am rechten Flügel. Es kreischte vor Schmerz auf, holte mehrfach mit dem Schwert aus und beschleunigt sein Tempo. Nun konnte Jan die Hiebe kaum parieren und wich mehr den Angriffen aus. Der nächste Schlag sorgte dafür, dass Jans Waffe ihm aus der Hand flog und irgendwo hinter den Vampiren landete.

,,Verdammter Misst´´ Knurrte er und wich den Angriffen aus.

Die Anhänger dieses Monster jubelten vor Freude auf und erwarteten nun den nächsten Treffer ihres Meisters. Um nicht dumm da zu stehen und ihrem Freund wenigsten eine Hilfe seien zu können, machte Katja sich auf die suche nach dem Schwert. Auf der suche nach der Waffe hörte sie das Geräusch was das Schwert des Monsters machte, als es durch die Luft sauste um in seinem Opfer zu kommen. Es war für sie nicht leicht in der gesamten Meute das Schwert zu finden, wenn jeder der Leute hin und her liefen und das Schwert ständig zu einer anderen Stelle traten. In der nähe des Ausganges fand Katja endlich was sie suchte. Doch bevor sie das Schwert an sich nehmen konnte, umzingelten zehn Vampire sie und zerrten sie zu ihrem Meister.

,,Lasst mich los ihr dämlichen Vampire, oder ihr könnt etwas erleben. Fauchte sie.
,,Vergiss es du widerlicher Mensch!´´ sagte einer der Vampire; ,,Wir lassen nicht zu das du dich dabei einmischt.´´ Knurrend fauchte Katja; ,,Ihr Idioten ihr hatten auch mal Menschen als Freunde´´

Wütend trat sie dem führenden Vampir in den Magen und riss sich von ihnen los. Leider ließen sich die Handlager damit nicht abspeisen und griffen ohne zu zögern an. Die Zwei, die Katja von Kampf weg schleifen wollten, stießen sie zu Boden. Drei andere Handlager holten mit den Klauen aus um sie zu verletzen, aber Jan stellte sich zwischen ihnen und wehrte die Angriffe ab. Leider zu seinem Pech nutzte das Monster die Ablenkung und griff mit dem Schwert an. Die Vampire jaulten erneut auf, als es so aussah das ihr Meister gewinnt. Jan brüllte vor Schmerz und ging mit seiner rechte Hand, auf sein rechtes Auge gepresst auf die Knie. Blut quillte durch seine Finger, keuchte durch den Schmerz leicht und versuchte mit seiner Hand die Blutung zu stillen. Da sein Körper sich schnell regenerierte, hörte die Wunde nach einigen Minuten auf zu bluten und er konnte sein Auge etwas öffnen. Katja hockte sich neben ihm hin und begutachtete die Wunde an seinem Auge. Zum Glück würde sein Augen nicht ernsthaft verletzt, somit konnte er in einigen Tagen wieder normal sehen. Um ihr etwas die Sorgen zu nehmen, versuchte Jan ein Grinsen zu erzwingen, was leider nicht so sehr gelang. Dann trat das Monster zu ihnen, griff ihn am rechten Arm und schleuderte in wieder in den Kreis. Ächzend landete er unsanft auf den Boden, rollte sich auf den Bauch und stützte sich auf den linken Arm ab. Knurrend sah er zu dieser Kreatur auf, die mit seinem Schwert auf Katja fies.

,,Ich bin dein Gegner nicht diese dämlichen Handlangern. Wenn diese Kreatur weiter sich einmischt werde ich sie gleich hier erledigen.´´

Darauf hin riss das Monster ihr das Schwert aus der Hand und warf es neben sein Gegner. Panisch wanderte Katjas Blick zu den Beiden Kampf bereiten Vampiren hin und her. Ächzend richtete Jan sich auf, griff nach dem Schwert was man nun neben ihm geworfen hatte und trat vor dem Monster. Es fiel ihm schwer das verletzte Auge offen zu halten, um sein Ziel besser treffen zu können. Mit einem leisen Knurren wandte Jan sich direkt an das Monster:

,,Vergiss es du Scheusal. Halte einfach deine Sklaven von Katja fern. Hier geht es nur um dich und mich. Also lass deine Handlanger an der kurzen Leine.´´

Das Monster lächelte zufrieden und trat wieder zu seinem Gegner. Sie nahmen ihre Kampfhaltung ein, hoben die Schwerter in die Richtige höhe und blickten sich ernst an. Bevor der Kampf von neuem beginnen konnte, wurde es im gesamten Raum auf einmal dunkler. So wie es aussah ging die Sonne unter oder so etwas ähnliches. Wie zuvor waren die Handlanger ganz aus dem Häuschen und klatschten noch in die Hände.

Lachend stießen die Handlanger Katja schon wieder in die Runde zu ihrem Meister und sagten gleichzeitig: ,,Bring sie um Meister, Sie sind der Graf der Finsternis und sind in der Dunkelheit der einzige der sein Ziel findet.´´

Nun wurde es zunehmend schwerer seinen Feind im Auge zu behalten, oder den nächsten Angriff vorher zu sehen. Sofort kam Jan auf eine Idee, er zeigte mit seiner linken Hand auf seine Hosentasche und zwinkerte ihr zu. Da begriff Katja was er von ihr wollte. Ohne das einer etwas mit bekam, zog sie ihr Handy aus der Tasche und wartete bis der Kampf in der Dunkelheit weiter geführt wurde. Jetzt griffen die Beiden sich wieder an, doch in der Dunkelheit konnte man nur die Funken erkennen, die auf dem einander Schlagen der Klingen kamen. Auf einmal gab es ein dumpfes Geräusch und etwas oder jemand knallte vor ihr in den Dreck. Bevor Katja nach sehen konnte wer es von Beiden war, richtete sich das Monster auf. Nun hatte es seine Geduld verloren und stürzte sich auf sie. Ohne lange zu fackeln fing sie an Fotos mitsamt dem Blitz zu machen. Wie es Jan geplant hatte wich das Monster davor zurück. Trotz ihrer Sorge um ihren Freund machte sie weiter mit dem Plan, bis etwas den so genannten Grafen einen gezielten

Schwerthieb in die Brust versetzte. Fauchend vor Schmerz wich das Monster zurück und schlug wie wild um sich. Plötzlich riss etwas Katja das Handy aus der Hand und zerrte sie von dem Tumult weg. Sie versuchte sich aus dem Griff zu befreien, dadurch verstärkte sich der Griff nur noch mehr. Um nicht verletzt zu werden, bewegte sie sich ,nur wenn sie musste. Nach den Geräusche zu urteilen, war der abstand genau richtig, da der Kampf langsam ausartete. Auf einmal wurde der Bereich um den Kampfbereich, durch mehrere Fackel erleuchtet und Katja konnte erkennen, wer sie festhielt. Ein Gestalt die durch eine blutrote Kutte verhüllt war, ließ sie los und verschwand in der Dunkelheit, aber er mischte sich nicht in den Kampf ein. Naja sie dachte zu mindestens das es ein Mann sei, da die Gestalt genau so groß zu sein schien, wie ihr bester

Freund. Plötzlich hörte Katja ein dumpfes Geräusch und befürchtete schon das schlimmste. Aber wer auf sie zu kam, ließ in ihrem Gesicht ein Grinsen erscheinen. Jan trat nun wieder aus der Dunkelheit zu Katja, schaute kurz zurück zur Gestalt und erwartete einen Hinterhalt. Aber es passierte nichts mehr, selbst die Handlanger verstummten. Seine Jacke war total zerrissen, an einigen Stellen seines Hemds waren kleine Risse und an den kaputten Stellen blutete er leicht. Aber seine Hose, seine Schuhe und seine Haare sahen noch ganz in Ordnung aus. Da alles vorbei zu sein schien riss Jan sich die Überreste seiner Jacke runter und machte sich daraus eine Art Verband für sein verletztes Auge. Mit dem Verband fällt es gar nicht so auf, von was Jan sich die Verletzung am Auge zu gezogen hatte, das war auch gut so sonst hätten ihre Eltern seltsame

Fragen gestellt. Zum Beispiel wurde ihr Vater fragen, ob es normal war, sich mit einem wilden Tier an zulegen. Man konnte nicht mal sagen ob sich die Wunde zu einer Narbe entwickelt würde. Mit einem Lächeln trat Jan neben Katja und grinste ebenfalls wie sie. Plötzlich griff etwas aus der Dunkelheit an und ließ ihn vor Schmerz aufbrüllen. Darauf hin ging er auf die Knie und versuchte seine Hand auf die Verletzung zu legen. Katja hockte sich neben ihm und schaute sich seinen Rücken an. Auf seinem rechten Schulterblatt war nun ein seltsames Symbol eingebrannt. Doch bevor einer der Beiden sich eine Kopf darum machen konnte, kam das Monster zu ihnen. Es schaute auf die Beiden herunter und schien auf etwas zu warten.

Dann griff er Jan rechtes Handgelenkt
zog ihn etwas hoch und sagte:
,,Herzlichen Glückwunsch Jan Drakul.
Durch die bestandenen Prüfung, sind
sie nun ein offizieller anerkannter
Vampir und somit können sie in die
Fußstampfen ihres Vater treten.''

Wegen dem Schmerz an seinem
Rücken, war Jan nicht in der Lage
diesem Wesen zu antworten. Darauf
kam ein Handlanger mit einer
Schatulle und überreichte sie mit einer
Verbeugung. Vorsichtig wurde er von
dem Monster abgesetzt. Er schien fast
sein Gleichgewicht zu verlieren, da
trat Katja an seiner Seite und schaute
den Grafen an, als sie die Schatulle
an sich nahm.

Da trat er zu ihr, nahm vorsichtig ihre
rechte Hand und lächelte: ,,Es tut mir

sehr leid das ich sie gebissen habe? Aber ich musste doch dafür sorgen, dass der Prinz seine Bestimmung findet.´´

,,Was meinen sie damit?´´ fragte Katja anstelle ihres Freundes.

Da sagte der Graf der Finsternis; ,,Das müsst ihr beiden selber herausfinden, aber nun solltet ihr zurückkehren.´´

Jetzt verschwand er mit seinen Handlangern in der Dunkelheit. In der zwischen Zeit hatte Jan sich einigermaßen erholt und ging wortlos den ganzen weg zurück zum Ausgang. Ohne Schwierigkeiten oder irgendeiner Falle kamen sie zu die Treppe und traten wenige Minuten später an die Oberfläche. Katja setzte sich beruhigt auf einen Stein und sah mit an wie die Treppen verschwanden.

Ihr Freund schaute ebenfalls zu, aber schien in Gedanken versunken zu sein.

,,So was machen wir jetzt?´´
Jan schaute sich kurz die Schatulle an, wandte sich an ihr und fing an zu grinsen: ,,Tja ich gehe erstmal nach Hause um mein Auge zu versorgen und du kümmerst dich um deinen seelischen Schaden´´
,,Ich habe keinen seelischen Schaden abbekommen, außerdem, Bist du der Verletzte.´´
Er schaute mit einer erhobenen Augenbraue an und meinte:
,,Natürlich hast du einen Schaden, sonst wären wir ja nicht befreundet.´´

Sie stand brummig auf, um ihm einem Tritt gegens Schienbein zu verpassen, da war er schneller und lief voraus. So schnell wie sie konnte lief Katja ihm nach. Erst nach einigen Metern bekam sie ihn zu fassen und landete mit ihm im Schnee. In der Zwischenzeit viel erneut Schnee und die Temperaturen waren nicht mehr so kalt, wie am Morgen. Selbst der Himmel war sternenklar und ließ den Schnee an mehreren Stellen funkeln. Lachend stand Jan auf, half Katja hoch und begleitete sie nach Hause. Auf dem Weg zu ihrem Haus, fiel wieder einige Schneeflocken und blieben an ihrer Kleidung hängen. An ihrem Haus blieben die Beiden stehen und sahen sich um. Als die Luft rein war, verabschiedete sich Jan von ihr und verschwand mit einem Grinsen in die Richtung seines eigenen Heim. Damit Katja ihre Eltern nicht aufweckte, kletterte sie bei ihrem Zimmer die Wand und versuchte dabei keinen Lärm zu machen. So leise wie sie konnte zog Katja sich ihre Winterkleidung aus, schlüpfte in ihre Schlafkleidung und verschwand sofort unter ihrer Decke.

Der Alltag

Zwei Tage später ging Katja ihren
Alltag nach, kümmerte sich um ihre
Geschwister und half ihren Eltern so
gut wie es ging. Zu ihrem Glück fingen
die Weihnachtsferien an und sie
konnte beruhigt über alles in die
letzten Tage nachdenken. Was ihr nur
komisch vor kam, war das Jan sich
seit diesem Vorfall nicht mehr bei ihr
gemeldet hatte. Selbst Jack meldete
sich nicht, was kein Wunder war
nachdem die Beiden sich ohne ihn in
einen Kampf gestürzt hatten. Um ihn
wieder gut zustimmen hatte Katja ein
Geschenk vor seiner Tür gestellt, als
sie mit ihren Eltern einkaufen war.
Sehr oft konnte sie auch nicht an den
letzten Tagen denken, da ihre Eltern
sehr viel wegen Weihnachten zu tun
hatten und ihre Hilfe voll in Anspruch
nahmen. Am Nachmittag hatte Katja

einen Moment Zeit für sich, um alles noch mal durch zu gehen. Sie ging auf ihr Zimmer, setzte sich an ihrem Schreibtisch und schaute aus dem Fenster. Sofort ging sie die Erinnerungen der letzten Tage durch, doch als sie an die Wunde dachte die Jan erlitten hatte, machte sie sich sorgen und blickte aus dem Fenster. Nun waren ihre Gedanken nur auf Jan gerichtet und überlegte was er genau in diesem Moment tat.

In der zwischen Zeit kam Jan am Schloss seines Vaters an. Wie immer trug er seine dünne Jacke, eine schwarze Hose und sein Auge war immer noch Verbunden, wenigsten mit einem ordentlichen Verband, als er es provisorisch verarzten musste. Direkt am Eingang des Schlosses machte ihm etwas stutzig, die Wachen waren ziemlich angespannt und in aufruhe.

Verwundert ging er an den Wachen vorbei und erwartete als er in die Eingangshalle trat gewaltigen Ärger, oder so etwas. Seltsamer Weise ertönte kein einziger Ton im Schloss und von den Dienern gab es keine Spur, selbst sein Vater war nirgends zu sehen. Trotz der Still zuckte Jan nur stumm mit den Schultern und ging rauf in sein Zimmer. Selbst im ersten Stock befand sich kein einziger Angestellter oder eine Wache. An seiner Zimmertür angekommen hörte er leise Schritte, die direkt auf ihm zu kamen. Darauf hin schaute Jan in die Richtung von wo die Schritte kamen. Reißzahn lief wild durch die anderen Zimmer, bis er seinen kleinen Bruder bemerkte. Seine Miene spiegelte die völlige Wut in sich wieder, als er näher kam. Jan hob beeindruckt eine Augenbrauen und bemerkte erst jetzt das sein Bruder, ihrem Vater in vielerlei Dingen ähnelte. Reißzahn hatte die selbe Statur wie der König, die Augenfarbe war die gleiche und man konnte die Beiden sehr schnell reizen. Der einzige Unterschied zwischen den Beiden war, dass Reißzahn genau wie ihre Mutter liebevoll war und sich im richtigen Moment sorgen um seinen kleinen Bruder machte.

Sofort kam Reißzahn zur Sache: ,,Wo warst du kleiner Bruder. Ich habe schon gedacht, dass du schwer verletzt seist und vielleicht schon...´´ Hier brach er ab und wartete ab was sein Bruder dazu sagte.

Jann kratzte sich verlegen am Hinterkopf: ,,Es tut mir sehr leid, das du dir sorgen gemacht hast, aber ich musste mich von der Verletzung erholen und brauchte etwas abstand.

Aber wieso bist du so aufgebracht, ist etwas vorgefallen?´´

Reißzahn fing stark an zu knurren: ,,Wir haben ein großes Problem. Vater ist spurlos verschwunden und Graf von Blood hat vor sich mit dem Nachfolger zu treffen.´´

Jann verschränkte die Arme vor der Brust, schaute nun skeptisch und fragte kühl: ,,Was willst du mir damit sagen?´´

Ohne ein jegliches Wort stieß Reißzahn seinen Bruder ins Zimmer, zog ihn blitzschnell um und betrachtet seinen Bruder nun von oben, nach unten. Wütend drehte sich sein Bruder zu ihm um, doch bevor er wegen seiner Kleidung etwas sagen konnte, wurden sie unterbrochen. Plötzlich kam Jack ins Zimmer als er seinen Freund sah, fing er a zu Grinsen und fing an zu lachen. Böse wollte Jan auf ihn los gehen, da riss sein Bruder ihn zurück und rückte die Kleidung zurecht. Jan wurde in die gleiche Kleidung gesteckt, die sein Vater trug, bloß diese passte wie angegossen.

Er riss sich von seinem Bruder los und fauchte: ,,Vergiss es du bist älter als ich. Auf keinen Fall werde ich....

Reißzahn unterbrach ihn mit einer Handbewegung und ließ die Beiden alleine. Fassungslos trat Jan mit verschränkten Armen ans Fenster und schaute mit einem knurren hinaus. Jack grinste die Zeit über und setzte sich aufs Bett.

,,Ach komm schon du siehst doch gut aus, außerdem passt diese Kleidung zu dir.´´

Jan ignorierte ihn von nun an, ging zu seinem Kleiderschrank und holte ein kleines Päckchen heraus. Skeptisch blickte Jack seinem Freund nach und fragte sich was nun passieren würde. Selbst das Päckchen machte ihm etwas neugierig. Er drückte das unauffällige Päckchen seine Freund in die Hand und meinte etwas bedrückt:

,,Hier tu mir bitte den gefallen und bringe es zu Katja. Weihnachten werde ihr wohl ohne mich feiern müssen.´´
,,Wieso soll ich das machen?´´ fragte Jack brummig.
,,Weil ich mich nur auf die verlassen kann!´´ antwortete Jan
,,Vergiss es ich mache das nicht.´´
Nun schaute Jan ihn sehr böse an und sagte: ,,Du bewegst sofort deinen Hintern aus diesem Schloss und tust

was ich dir gesagt habe, oder du wirst riesen Ärger bekommen.´´

Brummig stand Jack auf, verließ das Zimmer und machte sich auf dem Weg, um die Bitte seines Freundes zu erfüllen. Selbst bei ihm war kein Diener zu sehen und die Wachen am Eingang waren auf einmal auch verschwunden. Dies war ihm zum größtem Fall sehr egal, er fand das dieses Leben nicht zu seinem Freund passte und war froh das Jan sich nichts von seinem Vater in diese Richtung sagen ließ. Dennoch wusste Jack, dass Jan eines Tages den Thron besteigen wird und somit sein, freies Leben aufgeben müsste. Zur seiner Erleichterung, würde dieser Tag sich erst in vielen Jahren ereignen.

Am Abend nachdem Katja ihre Geschenke von ihren Eltern bekam,

klingelte es an der Tür. Mit einem
Lächeln blickte sie einige male zurück
und war so glücklich über ihre Familie.
An der Tür blickte sie kurz durch den
Türspion, dann griff sie zögerlich zum
Griff und öffnete die Tür. Während sie
die Tür aufmachte waren ihre Eltern
nur mit den Zwillingen beschäftigt.
Jack trat ohne ein Wort ins Haus und
schlenderte in die Küche. Empört von
seinem Benehmen folgte sie ihm mit
einem grimmigen Blick und
verschränkte die Arme dabei. Doch er
ließ sich davon nicht beeindrucken
und lehnte sich an die Arbeitsplatte. Er
stellte ein kleines Päckchen auf den
Tisch und setzte sich auf einen Stuhl,
direkt ihr gegenüber.

,,Frohe Weihnachten hier das ist von
Jan´´ Brummte er und legte seine
Füße auf den Tisch.
Katja stieß seine Füße runter, ,,Sag

mal spinnst du?, wollte sie wissen und setzte sich zu ihm, ,,Warum bist du so schlecht gelaunt?´´

Er seufzte: ,,Sorry aber ich bin sauer auf euch. Zuerst seit ihr in ein Abenteuer geraten ohne mich mit zu nehmen und nun hat Jan nicht mal Zeit für mich, obwohl er mit uns feiern wollte.´´

Sie schaute ihn fragend an; ,,Wie meinst du das?´´

Er blickte nun auf eine Weise dir ihr irgendwie angst macht. Sein Blick war eine Mischung aus einem hämischen Grinsen und eines bösen Blickes. Dieser Gesichtsausdruck glich einem Horrorgesicht.

,,Dies wird er dir selber sagen, aber du wirst ihn kaum wieder erkennen.´´

Gerade als sie etwas dazu sagen wollte, stand er wieder auf und verließ ohne ein weiteres Wort das Haus. Verwunderte schaute sie ihm nach, bis ihre Mutter in die Küche kam. So beschäftigt wie sie war bemerkte sie ihre Tochter nicht einmal. Katja nahm das Päckchen und ging in ihr Zimmer. Sie setzte sich auf ihr Bett, öffnete das Päckchen und war erstaunt als sie den Inhalt erblickte. Es war das neueste Buch ihrer Lieblingsbuchreihe von der nur Jan etwas wusste und ein kleiner Brief lag dabei. Sofort lass Katja sich den Brief durch.

,,Na wie geht es dir? Sorry das ich mich jetzt erst melde aber hier im Schloss geht es drunter und drüber. Komm bitte morgen zu mir ich werde dir alles erklären.
Ps: ,,Frohe Weihnachten´´

Erleichtert legte Katja den Brief in ihre Schreibtischschublade und das Buch fügte sie zu ihrer Sammlung hinzu. Der Brief war schon eine gute Methode sein Wohlbefinden zu äußern, doch ging es Jan wirklich gut. Um daran keinen Gedanken zu verschwänden und sich unnötige Sorgen zu machen, ging Katja wieder zu ihrer Familie. Im Wohnzimmer bekam sie einen Schreck und konnte im letzten Moment verhindert, dass ihr kleiner Bruder den Weihnachtsbaum anzünden konnte. Jedoch wusste keiner der Elternteile, wie der kleine Leon ans Feuerzeug kam, was ganz oben auf dem Regal lag

Genau um Mitternacht als ihre Eltern und ihre Geschwister schon schliefen schlich sich Katja hinunter zum Kleiderhacken und zog sich so schnell wie es ging ihre Jacke und Schuhe an. Bevor sie die Tür öffnete und

hinaus trat ,vergewisserte Katja sich
das sie nicht versehentlich einen aus
ihrer Familie geweckt haben könnte.
Als die Luft rein war marschierte sie
los. Dummerweise war der Schnee in
der zwischen Zeit so hoch, das es

schwer war richtig zu laufen.

Überraschende Situationen

Erst nach ein Uhr kam das ersehnte
Ziel in Sichtweit, wie abgemacht kam
Katja zum Schloss des Vampirkönigs,
schon von außen erkannte man das
es drunter und drüber ging. Selbst die
Wachen versuchten nicht ihr den Weg
zu versperren. Aber davon hätte sie
sich ja nicht abhalten lassen, denn es
hielt nur ein einziger Vampir Wache
und den kannte sie gut. Der Vampir
war definitiv kleiner als Jan, hatte
kaum noch Haare auf den Kopf und
war über zweihundert Jahre alt. Bei
ihm erkannte man sein Alter, doch nur
weil er eine Hexe betrogen hatte, als
er mit ihr zusammen war. Katja
begrüßte ihn und schreitet weiter,
ohne sich anmerken zu lassen, dass
sie die Wache innerlich aus lachte. Sie
drückte vorsichtig den Griff des
großen Tor nach unten und öffnete die

Tür nur so weit, dass Katja hindurch schlupften konnte. Sie legte ihre Jacke in einer kleinen Nische neben der Tür, die Jan ihr damals gezeigt hatte und er meinte noch, dass dort sie niemand finden würde. Sie hat schon von Draußen gesehen das etwas hier nicht stimmte. Aber im inneren war es nicht besser, alle Bediensteten liefen wild durch einander im Schloss herum und keiner von ihnen hatte sie bemerkt. Im Thronsaal war es ruhig nur einer der Diener redete mit Jan und sonst waren sie alleine. Es fiel ihr sehr schwer einen der Beiden richtig zu sehen oder gar zu verstehen. Da beschloss sie sich näher heran zutreten. Direkt vor dem Thron sah sie ihren Freund verwundert an, denn er trug die gleiche Kleidung wie der König und seine Haare waren ordentlich gekämmt worden. Auf der Stelle unterbrachen die Beiden

Vampire ihr Gespräch und richte ihre
Blicke auf den Gast.

,,Wie siehst du den aus?´´ wollte sie
wissen und fing an zu grinsen. doch
da zischte der Diener und sagte etwas
auf einer anderen Sprache.
Auf der Stelle wurde Jan böse und
hob mahnend die Hand: ,,Es reicht
wag es nicht nochmal Katja zu
beleidigen. Sie ist mein Gast also
behandle sie auch so.``

Gehorsam verbeugte sich der Diener
und huschte davon. Er setzte sich mit
einem Seufzen auf den Thron und
zerstrupelte wieder seine Haar so wie
sie es bei ihm möchte und er es
besonders gern hatte:

,,Sorry das wir uns jetzt erst wieder sehen aber naja du siehst ja was los ist!´´

Katja trat neben ihm: ,,Ja aber das erklärt noch nicht wieso du so aussieht? Obwohl dir die Kleidung besser steht, als deinem Vater und irgendwie passt die Narbe dazu die dir dieses Monster letzten verpasste hatte.´´

Er sah sie etwas komisch an bevor ihr eine Antwort schenkte; ,,Mein Vater ist seit wir diesen Monster besiegt haben verschwunden und mein Bruder ist auf der suche nach ihm, deshalb bin ich zur Zeit der neue König und wieso fällt jeden die Narbe an meinen Auge auf, es war doch nichts besonderes.´´

Sie bekam ein dickes Grinsen ins Gesicht, ,,Echt dann kannst du ja von nun an alles machen was du willst und diese Narbe verleiht dir etwas Dramatisches.´´

„Jetzt lassen wir meine Narbe aus dem Spiel und ich kann nicht machen was ich will?" meinte er brummig und stand auf, „Ich muss mich an alle wichtigsten Regel halten und meinen Bruder davon in Kenntnis setzen."
Katja blickte ihn nun verwirrt an, „Was soll er denn machen, wenn du etwas falsch machst?"
Jan ging zu einem der Fenster und schaute hinaus: „Wie du weißt ist mein Bruder von uns Beiden der....Falls Vater wieder kommt und erfährt das sein missratener Sohn alles falsch gemacht hat, werde ich genau so mies behandelt wie damals."

Katja stellte sich an seine rechten Seite, traute sich nicht die alten Wunden wieder auf zu reisen und blickte wie ihr Freund aus dem Fenster. Durch das bunte Glas sah der fallende Schnee so wunderschön aus. Selbst der Mond leuchtete von ihrem Platz aus in mehreren Farben. Dieser Anblick ließen Jan etwas entspannen und er genoss sogar den Anblick genau so wie Katja auch. Auf einmal ging die rechte Tür neben dem Thronsaal auf. Sofort drehte sich die Beiden zur Tür um und sahen wer noch so spät herein kam. Reißzahn betrat brummig den Saal und steuerte direkt auf seinen Bruder zu. Vorsichtshalber nahm Katja etwas abstand von beiden Vampiren und erwartete was nun passierte.

Er schlug Jan auf den Hinterkopf und knurrte: ,,Du Blödmann weißt du überhaupt was gestern war.´´

Er zog seinen kleinen Bruder wieder zu sich und brachte die Haare wieder in Ordnung. Katja fand es irgendwie witzig wie sich Reißzahn gegenüber seinen Bruder benahm und wie Jan sich behandelt ließ. Trotzdem wusste sie schon durch den Gesichtsausdruck, das Reißzahn noch nicht fertig war und weiter seinen Bruder ermahnt.

,,Der Graf war gestern nicht sonderlich begeistert, als du ihn einfach fort gejagt hattest. Er wollte was wichtiges mit dir besprechen.´´ Jan riss sich von seinem Bruder los, machte seine Haar wieder so wie er wollte und sagte brummig: ,,Wir können ja tauschen wenn dir meine Art nicht gefällt. Außerdem wieso ausgerechnet ich? Du bist ein paar Jahre älter als ich, also über nimm du doch diese Arbeit.´´

Über Reißzahns Lippen kam ein leichtes Seufzen, trat wieder zu seinem Bruder und rückte die Kleidung zurecht: ,,Ach Brüderchen du weißt das ich nach Vater suche, außerdem bist du der einzige der in dieser Kleidung nach einem König aussieht und man kann sich auf dich verlassen.´´

Wie ein kleiner Junge brachte er kein Wort vor seinem großen Bruder heraus. Mit einem gutmütigem Lächeln ging Reißzahn wieder hinaus. Jan blickte noch eine Weile betrübt seinem Bruder nach, bevor er sich wieder an Katja wandte. Schweigsam schenkte sie ihm ein freundliches Lächeln. Er erwiderte es so gut es ging und warf seinen Blick wieder aus dem Fenster

Wenig später knallte die Haupttüren des Saals auf und der Graf von Blood trat ein. Mit schnellen Schritten kam der Graf zum Thron und erwartete eine angemessenen Reaktion von dem vorübergehendem König. Beim Anblick des Graf lief es Katja eiskalt den Rücken runter, selbst ihr Freund hatte Respekt vor ihm und war ebenfalls sehr angespannt. Um seine Pflicht zu erfüllen, verbeugte Jan sich gehorsam und setzte sich auf den Thron. Da sie nicht wusste wie man in solchen Situationen reagieren sollte, stand sie lieber still an der Seite.

Der Graf verneigte sich ebenfalls, aber er begann auf eine furchteinflößenden Art an zu Grinsen: ,,Schön das du endlich mal deine Pflichten ernst nimmst. Da du jetzt der König bist kann ich deine Hochzeit verkünden.''
,,Was?'' Sagten die Beiden wie aus einer Pistole geschossen, doch Jan war der wütend reagierte, ,,Vergessen

sie es! Ich werde auf gar keinen Fall ihre Tochter heiraten. Außerdem wer hat überhaupt diese dämliche Idee.´´

Katja stellte sich an seiner Seiter, blickte aus Respekt auf den Boden und schwieg. Sie hatte immer noch eine Gänsehaut und es gefiel ihr gar nicht wie Jan seine Krallen in die Armlehne unauffällig bohrte. So hatte sie ihn noch nie erlebt, dennoch wartete sie ab was nun der Graf tun wird.

Der Graf wandte sich von ihm ab, ,,Du hast keine Wahl! Zwei Jahre nach deiner Geburt hat dein Vater und ich die Hochzeit vereinbart. Übrigens dein Vater hat mich vor kurzem Informiert das es nun so weit wäre dich in den Band der Ehe zu schließen.´´
Knurrend rief Jan einen Diener herbei,

gab ihm paar Befehle und sagte zum Grafen: ,,Eure Zimmer werden in kürze bereit sein. Ich hoffe ihr fühlt euch wie zu Hause.´´

Mit einem arroganten Lächeln verließ der Graf wortlos den Saal und fing draußen an zu Lachen. Knurrend sprang Jan auf, lief im Saal umher und dachte über etwas wichtiges nach. Jedes mal wenn er am anderen Ende des Raumes war, murmelte er etwas und ging weiter. Immer wieder hörte Katja das ,,Wort´´ Nein oder ,,wie konnte Vater´´. Dabei schlug er seine rechte Faust in die linke Hand. Da sein ganzen hin und her laufen ihr auf die nerven ging hielt Katja ihn wenige Minuten später zurück:

,,Bleib ruhig es ist bestimmt ein großen Missverständnis. Dein Vater hätte dich doch bestimmt selber Informiert.´´

,,Bah!´´ sagte Jan so wütend wie er noch nie war. ,,Dieser Idiot sagt mir nie solche Sachen, ich bin für ihn doch nur ein Dorn im Auge.´´ Um ihm etwas besser zu stimmen meinte sie nur; ,,Er ist ein Idiot. Aber du wirst es ihm irgendwann zeigen.´´

Wie durch ein Wunder war er wieder die Ruhe selbst und trat mit einem Grinsen vor ihr: ,,Es ist schon gut. Übrigens ich habe eine Idee wie ich die Hochzeit abwänden kann. Aber sag mal hast du nicht letztens gesagt, das ihr Morgen Besuch bekommt. Wenn deine Einladung noch gilt komme ich gerne auch zu euch.`` Ein Lächeln kam Katja über die Lippe, doch sie sagte nur: ,,Klar.´´

Am nächsten Abend saß Katja etwas brummig auf ihrem Bett und schaute immer wieder auf die Uhr. Jan war in erster Linie ein richtig feiner Kerl, doch er hatte in letzter Zeit die schreckliche Angewohnheit einige Minuten, selbst Stunden zu spät zu kommen. Sie war sich nicht mal sicher ob er überhaupt noch kommen würde, da es schon Abends war und es noch das Problem mit der Hochzeit gab. Erst um halb Zehn kam Jan bei ihr zu Hause an. Wie immer saß er auf dem kleinen Vordach ihres Zimmers und grinste ins Fenster. Zum Glück waren ihre Eltern schon unterwegs und ihre Geschwister waren bei einem Babysitter. Ohne große Mühe klettert er ins Zimmer, zog sich seine dünne Jacke aus und holte etwas aus der rechten Tasche, der Jacke. Jan überreichte ihr als Entschuldigung eine schöne silberne Kette, mit einem schwarzen Stein im Anhänger. Sie nahm die Kette an sich und bewunderte eine Weile das gute Stück. Sowas hatte sie noch nie bekommen, nicht mal von ihren Eltern. Die Kette war aus purem Silber angefertigt worden und der Edelstein schien wertvoll zu sein. Schon verflog ihre schlechte Laune, doch als sie seine rote Wange sah machte sie sich etwas sorgen um ihren Freund.

,,Oh Gott was ist den mit dir passiert? ´´

Er setzte sich gut gelaunt auf den Schreibtischstuhl und grinste: ,,Och das ist nichts besonderes. Ich habe bloß meine angebliche Ehefrau etwas gereizt und habe eine genuscht bekommen. Aber sie sieht nicht nur so schwach aus, nein sie schlägt noch sehr Schwach zu. Lass uns aber von etwas anderem Reden, also wo sind denn deine Eltern?´´

Katja machte sich die hübsche Kette um und warf ein Blick auf ihr Handy.

,,Wenn ich mich jetzt nicht irre kommen sie so gegen....´´

Plötzlich hörten sie wie die Haustür aufgeschlossen wurde und schauten lieber mal nach wer da nun kam. Sie sahen von der Treppe aus, wie mehrere Personen herein kamen. Sie schienen in einer aufregenden Unterhaltung verwickelt zu sein, denn keiner bemerkte wie die Beiden sich zu ihnen gesellten. Katjas Mutter ging mit drei Leuten, die Katja nur von einem Bild her kannte, in das Wohnzimmer. Ihr Vater holte etwas zu trinken und stieß fast mit seiner Tochter zusammen. Jan kannte solche Moment dennoch überraschten sie ihn immer wieder aufs neue. Wortlos betraten die Beiden nach einer zögerlichen Minute das Wohnzimmer, doch sofort gingen Mr. und Mrs. Gray hinaus. Schon als sie den Raum betraten bemerkte Katja das die Gäste ihrer Eltern auf Jan nicht gut zu sprechen waren. Was sich gleich darauf zeigten.

Einer der drei Gäste stand auf, verschränkte die Arme und meinte auf eine brummige Weise: ,,Was machst du den hier. Reicht es dir nicht, dass du ihre Großmutter auf dem Gewissen hast?´´

Katja schaute erschrocken auf die Frau, die auch nun aufstand. Sie trug ein blaues Glitzerkleid, schwarze Pumps und ihr langes schwarzes Haar verdeckte eines ihrer blauen Augen. Man ahnte schon, das sie nur ihren Senf dazu geben wollte und mit bei dieser Hass Parade machen wollte.

,,Lass ihn doch übrigens weiß meine Nichte und ihr Mann nicht, das Jan ein Vampir ist. Halte aber Katja aus jeder Gefahr raus.´´

Mit einem Lächeln meinte Jan höflich; ,,Ma,am ich bitte um Verzeihung, aber ich habe meine Freundin nie in irgendeiner Gefahr gebracht. Also lassen sie uns den Abend genießen.´´

Darauf hin meinte der andere Mann: ,,Wieso sollten wir das tun? Du bist nur eine Mistgeburt der Natur. Man sollte dich einsperren oder so etwas. Wer weiß was du Katja noch an tun wirst?´´

Nun wurde es Jan zu viel, ohne ein einziges Wort drehte er sich auf seinem Absatz um und ging hinaus. Bevor sie ihrem Freund folgte, warf sie den Gästen ihrer Eltern einen bösen Blick zu. Doch sie schienen es nicht zu kümmern, das selbst ein Vampir Gefühle hat und nun sehr gekränkt wurde. Sie lief in den Flur, zog sich schnell an und folgte ihrem Freund. Draußen folgte sie den Fußspuren im Schnee. Da kein weiterer in der nähe ist, war es nicht sonderlich schwer die Spur im Auge zu behalten. An der Straße bekam Katja ihn endlich zu fassen. Jan lief trotz des starken Schneefall ohne Jacke umher und sah nicht so verärgert aus, als sie es erwartet hatte.

,,Sorry wegen dieser Situation aber ich....´´

Schnell unter brach er sie, ,,Mach dir keine sorgen um mich, durch die stränge Erziehung meines Vater bin ich daran gewöhnt.´´

,,Trotzdem ist es nicht in Ordnung.´´ meinte Katja etwas böse. ,,Die kennen dich doch nicht einmal richtig und erlauben sich so ein Urteil über dich.´´ Jan begann einigermaßen an zu Grinsen; ,,Wir haben genau das selbe Problem. Mein Vater mag dich nicht und deine sogenannten Familien Mitglieder mögen mich nicht. Was für ein Zufall oder ist es unser Schicksal? ´´ Bei dem letzten Satz betonte er ihn etwas Spottisch und lächelte nun wieder breit, dass Katja ihr Grinsen nicht lange verbergen konnte.

Auf einmal fing sein Handy an zu summen und erhalte die Nacht in einen Ton aus einer Mischung aus Jazz und Rock. Brummig zeigte Jan mit einer Geste, dass er gleich wieder da sei und nahm das Gespräch an. Während diesem Gespräch änderte sich seine Gesichtszüge von Gut auf schlecht und er diskutierte wie wild. Leider konnte Katja von ihrem

Standort kein einziges Wort verstehen und musste sich ihren Teil denken, was wohl besprochen wurde. Einige Minuten später trottete er wieder auf sie zu, anscheinet steuerte das Gespräch auf das Ende zu. Schon jetzt konnte sie erkennen, dass es ihrem Freund nicht sonderlich gut ginge und es ein Problem gab.

Nach dieser Unterhaltung wandte Jan sich mit etwas Kummer in seiner Stimme ihr zu: ,,Macht es dir was aus wenn ich jetzt gehe. Im Schloss gibt es Ärger und Reißzahn ist wieder unterwegs.´´

Bevor Katja ihm antworten konnte nahm er sie in den Arm und drückte sie sehr vorsichtig, dann ging er ohne ein weiteres Wort. Betrübt ging Sie wieder nach Hause, drehte sich jedoch immer wieder um und hoffte sehnsüchtig, das Jan zurück kam. Im Flur wurde Katja von ihrer Großtante abgefangen, als sie sich auf den Weg in ihr Zimmer machen wollte. Ihr Gesichtsausdruck deutete schon darauf wie neugierig sie von Jans Verhalten war. Aber Katja weigerte sich mit ihr zu reden, verschwand auf ihr Zimmer und schmiss sich wütend auf ihr Bett. Eine halbe Stunde später kam ihre Mutter zu ihr. Besorgt setzte sich Mrs. Gray neben ihrer Tochter aufs Bett.

,,Was ist den los Liebes? Habt ihr euch Beide gestritten?''
Katja schaute von ihrem Kissen auf und meinte; ,,Nein bei uns ist alles gut, aber deine Tante hat vorhin etwas zu Jan gesagt, was ihn zu tiefst verletzt hat.''
Mit einem Seufzen sagte ihre

Mutter; ,,So ist meine Tante halt. Sie nimmt nie ein Blatt vor dem Mund, vor allem nicht wenn sie eine gewisse Person nicht mag.´´
,,Aber das ist doch völlig bescheuert!´´ sagte Katja und wollte noch etwas erwidern, aber ihre Mutter meinte: ,,Wir reden ein anderes mal darüber.´´

Schweigsam nickte Katja ihrer Mutter zu. Mrs. Gray gab ihrer Tochter einen Kuss auf die Stirn und verließ das Zimmer mit einem Lächeln. Um auf andere Gedanken zu kommen, nahm sie sich das Buch was Jan ihr geschenkt hatte und lass einige Seiten. Ungefähr auf der fünftzehnten Seite angekommen, fiel ihr ein Zettel auf den Schoß. Auf der Stelle erkannte Katja, dass es sich um die Handschrift ihres Freundes handelte, aber was auf dem Zettel stand konnte sie nicht Lesen. Da erinnerte sie sich an die alte Inschrift im Vampirzirkel und sah sofort, dass es die gleichen Symbole war. Fragend faltete Katja den Brief wieder zusammen, steckte ihn in die Schublade ihres Schreibtisches und entschloss sich Jan so schnell wie es ging auf den Brief an zu sprechen.

Graf von Blood

Der Graf saß mit seiner Tochter und Reißzahn im Essensaal. Nach einem langem Abendessen unterhielten sie sich wegen der Hochzeit. Die Grafentochter ließ sich ein Glas Wein einschenkten, zog die Nase sehr hoch und meinte:

,,Mein Daddy hat mir das schönste Kleid der Welt gekauft. Ich werde die schönste Braut sein und bald auch noch eine Prinzessin.´´
Der Graf grinste seine Tochter an: ,,Ja mein Engel bald wird sich dein Traum erfüllen.``
Mit einem wütendem Blick wandte er sich an Reißzahn: ,,Dein Bruder hat die Planung geschwänzt und hat es nicht für nötig empfunden sich bei den Vorbereitung mit ein zu bringen.´´

Reißzahn entschuldigte sich mit einer Geste und schenkte dem Grafen Wein ein: „Keine sorge Herr Graf. Bei der Hochzeit in paar Tagen wird er ohne Probleme anwesend sein."

Der Graf nahm einen Schluck von seinem Wein, stellte das Glas langsam wieder ab und fing wieder an zu Grinsen. Doch dieses Grinsen sah aus, als ob es von dem Teufel persönlich sei und meinte gut gelaunt:

„Übrigens ich habe die Hochzeit auf übermorgen angesetzt, da kann ich mir sicher sein das Jan sich nicht aus der Affäre zieht."
Die Stimme von Reißzahn klang jetzt etwas verwirrt: „Aber er ist doch nur mit seiner besten Freundin unterwegs. Lassen sie ihm doch die Zeit, bis die Hochzeit ihn für immer an ihre Tochter bindet."

Bei dem Blutrünstigen Blick des Grafen geriet er ins Schweigen und setzte sich gehorsam wieder hin. Plötzlich ging die Tür zum Saal auf und Jan betrat den Raum. Mit der Königsrobe gekleidet, verbeugte er sich vor seinen Gesten und nahm ebenfalls Platz. Ein Diener kam hergeeilt goss seinem Herrn Wein ein und verschwand mit einer Verbeugung wieder. Etwas verärgert schaute Reißzahn seinen Bruder an und erwartete eine Entschuldigungen.

Jan seufzte leicht auf, legte ein falsches Lächeln auf und sagte: ,,Es tut mir so leid für meine Verspätung, aber ich hatte noch etwas wichtiges zu erledigen.´´
Der Graf ballte seine Fäuste als er sprach; ,,Ich hoffe das wird sich in Zukunft ändern. Als König hat man viele Erwartungen an dich.´´ Bevor er

antworten konnte meinte die Tochter
des Grafen; ,,Es ist wirklich wichtig vor
allem, wenn wir in einigen Jahren
unsere eigenen Kinder haben.´´
Jan verschluckte sich an seinem
Wein, doch er konnte durch sein
Husten keine Wiederworte geben.
Da nahm Reißzahn das Wort an sich:

,,Nun gut es müsste für Heute
reichen. Wir können ja Morgen die
wichtigsten Details besprechen!´´
,,Das ist mir auch recht! Meine Tochter
braucht übrigens ihren Schlaf. Ich
wünsche ihnen eine gute Nacht.´´

Darauf hin stand der Graf mit seiner
Tochter auf und verließen mit
erhobenen Kopf den Saal. Geschockt
lehnte Jan sich an die Rücklehne
seines Stuhles und schaute in sein
Weinglas. Reißzahn stand ebenfalls

auf und schaute seinen Bruder sehr
ernst an.

,,Wo warst du wirklich?´´ fragte er
etwas böse. ,,Keiner der Diener hat
dich gefunden oder erreichen können.
´´

Jan stand ruckartig auf, knallte seine
Hände auf den Tisch und meinte: ,,Es
ist doch egal wo ich war. Aber ich
werde diese dumme Frau nicht
Heiraten.´´
Reißzahn fasste sich fassungslos an
die Stirn; ,,Das gibt es doch nicht. Du
hast viel zu tun und du treibst dich mit
diesem Mädchen rum.´´
,,Ja habe ich.´´ meinte Jan
einigermaßen betrübt; ,,Ich brauche
auch mal Zeit für mich. Ich bin als
König nicht geeignet und werde doch
nur alles vermasseln.´´
Jetzt lächelte Reißzahn, legte seine
Hände auf die Schultern seines

Bruders und meinte; ,,Vergiss deine Zweifel und lächle mal wieder.´´

Jan zwang sich ein Lächeln auf dem Gesicht, doch bevor er antworte konnte, betrat der Graf erneut den Saal. Ohne ein jegliches Wort stürmte er auf die beiden Bruder zu, stieß Reißzahn zur Seite und schlug Jan mitten ins Gesicht. Dabei beließ er es nicht und packte den vorläufigen König am Kracken. Keuchten versuchte Jan sich zu befreien, aber es führte nur dazu, das der Graf ihn gegen Wand stieß.

,,Wie kannst du es wagen dich mit einem anderen Mädchen zu treffen?´´ fauchte er und trat einige Schritte vor. ,,Du bist mit meiner Tochter verlobt.´´
Jan richtete sich leicht auf und sagte

ruhig; ,, Das ist mir scheiß egal! Ich treffe mich mit wem ich will.´´

Nun wollte der Graf auf ihn los gehen, da sagte Reißzahn in einem beruhigendem Ton; ,,Es sollte reichen Herr Graf, außerdem wird Jan übermorgen ihre Tochter heiraten und wird sich ohne Wiederworte ihren Willen beugen.´´

Etwas beruhigt verließ der Graf seine Gastgeber. Langsam half Reißzahn seinem Bruder auf, doch Jan stieß ihn weg und stürmte nun auch aus dem Saal.

Neue Feindschaft?

Ein leises klopfen weckte Katja aus
einem schönen aber für sie zu kürzen
Traum. Verschlafen richtete sie sich
auf und schaute zum Fenster. Jan
hockte auf dem Dach, klopfte so leise
wie es ging ans Fenster und lächelte
sie wie immer an. Auf der Stelle war
sie hellwach, sprang aus dem Bett
und ließ ihren Freund herein. Mühelos
kam er rein, klopfte sich den Schnee
von der Jacke und setzte sich auf den
Tisch. Direkt nach seinem eintreten
schloss sie das Fenster und bekam
dabei eine Gänsehaut. Kein Wunder
bei der bitterden Kälte, nach ihrem
Gefühl war es deutlich kälter als
Gestern. Um sich auf zu wärmen reib
Katja sich beide Arme und warf einen
Blick zu ihrem Freund, der immer
noch lächeln an Ort und Stelle saß.

,,Na bist du so weit? Ich möchte dir gerne einen Freund von mir Vorstellen, womöglich weiß er wo mein Vater steckt.´´
Verwundert schaute sie ihn an; ,,Weißt du wie spät es eigentlich ist? Wer ist dieser Freund überhaupt?´´
Anstatt ihr eine Antwort zu schenken, ging er zu ihrem Kleiderschrank und meinte; ,,Ich stelle ihn dir später vor. Aber zuerst musst du dich anziehen, außer dir ist es recht wenn wir jetzt los gehen.´´

Sie schaut ihn sehr böse an, griff Jan am rechten Arm und schmiss ihn wortlos in den Flur hinaus, bis ihr einfiel das ihre Eltern wach werden konnten und zog ihn wieder rein. Schweigsam erwartete er von Katja das sie in Erwägung zieht ihn aus dem Fenster zu schmeißen, aber zu seinem Glück entschied sie sich anders.

,,Warte und dreh dich sofort um.´´ Jan
tat um das was sie gebeten hatte,
drehte ihr den Rücken zu und
betrachtete ein Bild auf dem Katja und
ihre Familie abgebildet waren.

,,Was ist eigentlich gestern los
gewesen?´´ wollte sie wissen schaute
kurz in seine Richtung und
vergewisserte sich das er nicht
schmulte.

Während sie sich umzog hielt Jan sie
auf den laufenden:

,,Gestern musste ich alles wegen der
Hochzeit vorbereiten, da der Graf
alles seiner Tochter überlassen wollte.
Dummerweise wurde auch
entschieden das ich Morgen Heiraten
muss.´´
Erschrocken drehte Katja sich zu ihm
um: ,,Wie bitte? Wir werden ab sofort
kein Team mehr sein? Nur wegen so
einer aufgetakelten Diva die sich für

was besseres hält."
Er schüttelte nur leicht den Kopf als er
ihr antwortete: ,,Sehe ich so aus als
ob ich das einfach so zu lasse,
außerdem will ich dir Morgen
beweisen wie ich mich entscheide."

Besorgte zog sie sich das letzte
Kleidungsstück an was ihr fehlte. Es
war ein roter Pulli ohne ein jegliches
Muster, das sie nicht so ein Fan von
irgendwelchen speziellen Mustern
war. Doch Jan ließ den
Gesichtsausdruck in Katjas Gesicht
verwinden, als er aus spaß ihren Vater
nach äffte. Als sie fertig war gingen die
Beiden so leise wie es ging hinunter
und schlossen leise die Tür hinter
sich. Ihr Gefühl hatte sie nicht ihm
stich gelassen, es war wirklich kälter
als Gestern und der Schnee knackte
laut unter ihren Füßen. Auf dem
Gehweg rutschte Katja aus, aber Jan

bewahrte sie von einem Sturz und hielt sie fest. Andere hatte kein Glück als sie zum Nachbarn, erblickte sie den Postboten und sah noch wie er genau wie sie zuvor ausrutschte. Der Postbote war nicht der einzige der Schwierigkeiten hatte, ein andere Nachbar musste eine fest gefrorenen Schneeschicht von seinem Auto kratzen. Katja hatte auf den Weg in die Stadt so häufig das Problem nicht zu lachen, wenn einer auf eine lustige Art ausrutschte. Jan erging es nicht anders, doch bei ihm fiel es nicht so auf. Eine halbe Stunde brauchten sie bis sie ein schönes Anwesen erreichten, was fast außerhalb der Stadt lag und Jan davor grinsen stehen blieb. Katja bewunderte skeptisch das Haus, es war nach ihrer Meinung zu vornehm für ihre Heimatstadt und irgendwie kam es ihr so vor als ob das Haus erst seit kurzem hier stand. Das sie öfters mit ihrem Fahrrad hier lang fuhr, war sie sich langsam sicher das etwas mit diesem Haus nicht stimmen konnte. Allerdings schien ihr Freund etwas über dieses Haus zu wissen, so wie er unbedingt wollte das Katja seinen Freund kennenlernen sollte.

Mit einem skeptischen Blick fragte sie; ,,Willst du mir sagen das dein Freund erst seit kurzem hier Wohnt.´´

Er schüttelte lächelt den Kopf, während er zu Tür marschiert und anklopfte. Schnurstracks war Katja an seiner Seite und wartete ab wer ihnen nun die Tür öffnen wird. Sie bezweifelte das jemand ihnen öffnen würde, aber da lag sie sehr weit daneben. Denn ein Augenblick später öffnete ein alter Mann ihnen die Tür. Der Mann war einzachzig groß, trug einen älter aussehenden Anzug und sein Haar war schon weiß. Es war schwer zu erkennen was der Butler gerade empfand als er sie ansah, da sein Gesicht keinerlei Emotionen zeigte.

Jan verbeugte sich leicht, ,,Guten Tag der Herr. Ich möchte gerne mit John von Blood sprechen, ein alter Freund möchte etwas wichtiges mit ihm besprechen.´´
Mit einer älteren, doch sanfter rauen Stimme sagte der Mann: ,,Nun gut eure Majestät. Der Herr wird sehr erfreut sein, folgen sie mir!´´

Der anscheinenden Butler öffnete die Tür so weit das die Gäste eintreten konnten und führte die Beiden durch das Anwesen in ein etwas größeres Arbeitszimmer. Das Arbeitszimmer war wie ein ganz normales Büro eingerichtet worden. Vor dem großen

Fenster, das gegenüber der Tür war, befand sich ein Schreibtisch aus Eichenbaumholz. Rechst und links davon standen an den Wänden mehrere Bücherregal. Der Butler nahm von Beiden die Jacke ab und hängte sie an den Kleiderständer an der Tür. Mit schnellen Schritten verschwand der Mann um seinen Meister zu holen.

Nun traute Katja sich wieder zu sprechen, da der Mann ihr die Sprache vorher genommen hatte: ,,Willst du mir etwas sagen das dein Freund hier wohnt ausgerechnet in dieser Stadt. Da ist es doch kein Wunder das der Graf hier ist.´´

Etwas schlecht gelaunt und mit verschränkten Armen, setzte sie sich auf den Schreibtisch. Jan trat stumm ans Fenster, schaute hinaus und gab ihr nur ein Kopfschütteln als Antwort. Plötzlich flog etwas spitzes haarscharf an Katjas Gesicht vorbei, streifte Jans Schulter und krachte durchs Fenster. Vor Schmerz knurrte er und presste seine rechte Hand auf die linke Schulter. Erschrocken ging ihr Blick sofort zur Tür. John von Blood dann mit geballten Fäusten da und schaute die Beiden mit einem Blick an, der einen das Blut in den Adern gefrieren lassen konnte. Um keine Gänsehaut zubekommen beobachtet Katja ihren Freund wie er mit einem entsetzten Blick seinen Freund anblickte. Aber die Stimme von John war nur halb so schlimm, wenn er wütend war als die seines Vaters.

,,Du bescheuerte niederträchtiger Idiot.'' fauchte er seinen Freund an, doch Jan schaute stumm die zwei Zentimeter große Schnittwunde auf seiner Schulter und beobachte wie das Blut langsam hinaus floss. Leider hatte das Messer seine Hemd an der Stelle aufgerissen.

Katja kam vom Tisch runter und stellte sich an der Seite ihres Freundes, versuchte aber nicht in dieser Auseinandersetzung dazwischen zu gehen.

,,Du behauptest mein Vater lügt und du kamst meiner Schwester blöde. Ich kann sie auch manchmal nicht leiden aber hast du eine Ahnung von Respekt.''

John trat wütend vor seinem Freund, aber er bekam auf der Stelle keine Antwort und musste sich wegdrehen, damit die Wut nicht überhand nahm.

Erst nach einigen Minuten ließ Jan sich von seinem erzürnten Freund nicht sonderlich beeindrucken und meinte: ,,Ich bin mir voll kommen im klare, was ich getan habe, aber deine Familie vergisst wohl das ich zur Zeit der König bin. Eigentlich wollte ich nur wissen ob du vielleicht weißt wo mein Vater steckt. Es reicht mir langsam mit den blöden Verpflichtungen.´´
Zuerst sah es so aus, als ob John jeden Moment zu schlagen könnte, doch er schluckte die Wut runter und erwiderte: ,,Ne leider nicht, aber kümmere dich lieber um die Hochzeit sie wurde auf heute Abend angesetzt.´´

Durch diese Überraschung fiel Jan die Kinnlade runter und er bekam kein Ton raus. Selbst Katja war durch diese Aussage geschockt.

,,Bist du bescheuert? Jan muss deine Schwester nicht heiraten wenn er

nicht will.´´ Schweigend griff John
sich die Beiden und zerrte sie hinaus.

Im Flur schaffte es Jan sich aus dem
Griff seines Freundes zu befreien,
stellte sich ihm in den Weg und
befreite Katja ebenfalls. Wütend ging
er mit ihr in die Richtung des
Arbeitszimmers, doch da packte John
seinem Freund am Kragen und
drückte ihn an die nächste Wand. Er
drehte Jan den rechten Arm auf den
Rücken und flüsterte etwas, was Katja
nur schwer verstehen konnte.

,,Na gut ich tue was du sagst! Aber
weshalb willst du mich aus liefern, wir
sind seit unserer Kindheit Freunde.´´
John ließ sofort Jan los und meinte;
,,Ich will verhindern das dir etwas
passiert, also halt dich zurück und
komm einfach mit mir mit.´´

Schweigsam und mit einem finsteren Blick nickte Jan seinem Freund zu. Aber Katja gefiele die Idee überhaupt nicht unter Zwang wieder zum Schloss zu gehen. Es erinnerte sie nur an dem Tag, als der König versucht hatte sie um zu bringen und Jan seine Freiheit für sie geopfert hatte. Trotzdem tat Katja genau das selbe wie ihr Freund und gehorchte dem Sohn des Grafens. Einige Minuten später nach dieser ungewollten Fahrt standen die Beiden vor dem Schloss und wurden herein gezerrt. John griff den rechten Arm seines Freundes und zerrte ihn mit aller Graft nach Oben in den ersten Stock. Der Diener der ihr letzten sehr dumm kam packte sie und zerrte sie in ein anderes Zimmer, in diesem Stock. Eine Dienerin die Katja nur einmals gesehen hatte, kam zu ihr und gab ihr ein bescheuertes altmodisches Kleid, was aus einer alten Kiste heraus geholt wurde. Am schlimmsten war es für sie, dass diese Dienerin ihr half den Mist anzuziehen. Erschrocken betrachtete sie sie von Oben, nach unten. In diesem Fummel sah sie aus wie ihre Urgroßmutter. Da man sie so oft in Kleider gesteckt hatte die sie nicht leiden konnte, waren alle Arte von Kleidern die Katja nicht selbst ausgesuchte hatte tabu. Nachdem Katja auch noch geschminkt wurde, brachte man sie zum großen Saal. Im Saal waren unzählige Gäste versammelt und erwarteten gespannt auf das glückliche Paar. Da sie sehr eng mit Jan befreundet war, sollte sie für diese arroganten Grafentochter die Trauzeugin sein. Früher haben alle Vampire sie gehasst, doch nun störte ihre Anwesenheit keinem einzigen. Sie er hoffte sich das ihr Freund sich vielleicht aus dem Staub gemacht hatte oder ein Plan in Petto hatte, leider kam es anders als erwartet. Die Türen wurden mit einem Trompetengetöne geöffnet und die Beiden Prinzen betraten den Saal. Eher gesagt der vorzeitige König und seinen Bruder. Jan kam mit der Königskleidung am Leib und seinem Bruder im Schlepptau nach vorne zum Thron. Die Zeremonie führte in diesem Fall der Graf durch um jeden Fehler sofort zu unterbinden. Reißzahn nahm den Platz in der nähe des Grafen ein und war genau wie alle anderen Gästen gespannt.

Als keiner auf sie achtete trat Katja näher an ihrem Freund und flüsterte; ,,Verdammt nochmal komm endlich mit einem Plan um die Ecke, oder du musst heiraten.´´
Leise erwiderte Jan; ,,Keine Sorge ich habe noch einen Plan. Versuche ruhig zu bleiben egal was passiert.´´

Stumm signalisierte sie ihm mit einem Kopfnicken, dass alles verstanden wurde und sie das auch tun würde. Trotz eines Planes in der Hinterhand, bemerkte Katja wie nervös Jan in Wirklichkeit war und sah das er unbemerkt die Fäuste ballte. Der Graf blickte seinen zukünftigen Schwiegersohn auf eine Weise an, die ihr und anderen in diesem Saal angst machen würde. Aber sie war die einzige die es mit bekam, welchen Blick der Grafe ihren Freund zu warf. Plötzlich gingen die Saaltüren erneut auf und die Braut kam herein. Sie trug ein Hochzeitkleid aus dem 16 Jahrhundert und ihr Schleier verdeckte ihr dick geschminktes Gesicht nur schwach.

Als die Braut am Altar angekommen ist, drehte Jan sich zu allen anwesenden Vampiren um und grinste: ,,Liebe Leute es ist wirklich schön das ihr hier seit, aber sie sind umsonst hergekommen, denn es findet keine Hochzeit statt."

Erschrocken und verwundert sprachen alle wie wild durcheinander. Selbst Katja wusste nicht was sie von Jans unüberlegtes Handeln halten sollte. Normalerweise überlegte er vorher bevor er solche Entscheidung laut aus sprach. Doch Jan blieb wie immer die ruhe selbst und erwartete was nun passieren würde.

Jetzt gab es richtig ärger der Graf, richtete sich vor ihm auf und sein Gesicht war von Wut verzerrt: ,,Wenn ich du wäre würde ich das sofort zurück nehmen oder du wirst es bereuen."
Er grinste den Grafen spottend an, steckte seine Hände in die Hosen Tasche und drehte sich nun zu ihm um. ,,Ich habe keine Angst vor dir

oder das was mir blüht, aber ich
werde niemanden heiraten den ich
nicht liebe. Also verschwinde mit
deiner Tochter und lass dich nicht
mehr blicken.´´

Plötzlich kam ein lautes Knurren aus
dem Mund des Grafen, wütend packte
er Jan am Hals und zog ihn so hoch,
dass er kaum über den Boden hing.
Aus Angst um ihren Freund erstarrte
Katja auf der Stelle und verzweifelt
blickte sie den Grafen an. Die Tochter
von ihm drehte sich bockig zu den
Gästen und tat sehr empört.
Reißzahns verhalten konnte sie
allerdings nicht verstehen, obwohl
sein Bruder in Gefahr war tat er
überhaupt nichts.

Fauchend schickte der Graf alle Gäste
hinaus, rief ein paar Wachen her und

knurrte: ,,Es reicht! Hiermit nehme ich deinen Posten ein, bis du dich entschieden hast zu Heiraten oder bis mein enger Freund, der König wieder hier ist.'' Denn letzten Satz waren an den Wachen gerichtet; ,,Solange verbringt der Prinz mit seiner Freundin die Zeit im Kerker.''

Wütend stieß der Graf ,Jan und Katja in den Arme der Wachen. Genüsslich schaute er mit an wie die Beiden fort gebracht wurden.

Außerhalb des Saales blieben die Wachen kurz stehen als Reißzahn sie mit einer Handbewegung zurück hielt.

Sofort trat er vor seinem Bruder und sagte in einem ernsten Ton; ,,Verdammt Jan ist dir klar was du getan hast? Der Graf ist nun an der Macht und wird bei Vater kein gutes Wort für dich einlegen.'' Jan blickte ihn wütend an und fauchte; ,,Weißt du wie egal mir das ist? Du hast doch auch nichts getan um diesen Mist auf zu halten, du hast dich lieber verkrochen.´´

Wortlos signalisierte Reißzahn den Wachen die Gefangenen in den Kerker zu bringen. Nun schwieg Jan genau so und ließ sich ohne jegliche versuche zu entkommen in den Kerker bringen. Ein Augenblick später gingen sie eine steinerde Treppe hinunter in den Kerker. Katja bekam wegen der feuchten Kälte eine Gänsehaut, leider hatte sie diesen blöde Kleid an und keine Jacke zur Hand. Vor einer leeren Zelle blieben die Wachen mit ihnen stehen, öffnete mühelos die Tür und stießen die zwei Gefangenen in die Zelle, bevor sie die Tür zuknallten. Etwas bedrückte schaute Katja den Wachen nach, aber

Jan blieb schweigsam an der Wand stehen und verschränkte die Arme.

Die Flucht

Die ganze Zeit hoffte Katja, dass alles nur ein Traum war und sie jeden Moment in ihrem Bett liegen wurde, aber als sie erwachte befanden sich die Beiden immer noch in einer Gefängniszelle im Schloss. Sie war sehr verwundert das sie trotz ihrer Situation schlafen konnte. Aber sie musste ja etwas schlafen, da die Beiden die ganze Nacht in der Zelle verbracht haben. Gelegentlich kam eine Wache um nach ihnen zu sehen und brachte den Beiden etwas zu essen. Bevor Katja eingeschlafen war, brachte man ihr die Kleidung die sie vorher getragen hatte. Etwas verschlafen blickte sie zu ihrem Freund, der an der Wand direkt neben der Gitterstäben stand.

,,Wie hast du geschlafen?´´ fragte Jan
und setzte sich nun neben ihr.
,,Es tut mir leid das du jetzt hier unten
bist und in diesem Schlamassel sitzt,
obwohl du nur eine Trauzeugin warst.
´´

Katja lächelte ihm gut gelaunt zu:
,,Ach schwamm drüber, damals hast
du dich für mich foltern lassen, also
sind wir jetzt Quitt.´´

Er erwiderte ihr Lächeln, was schnell
verflogen war, als der Graf sich zu
ihnen gesellte. Vor den Gitterstäben
bekam er wieder sein dämliches
Grinsen und kratzte mit der Kralle an
seinem Zeigefinger an den
Stahlstäben:

,,Guten Morgen hoffentlich bist du
durch diese Nacht endlich zu
Besinnung gekommen und heiratest

meine Tochter.´´

Jan stand mit verschränkten Armen auf und erwiderte: ,,Herr Graf ich habe dies Nacht irgendwie genossen, außerdem verrotte ich lieber hier in diesem Gefängnis als ihre arrogante Tochter zu heiraten.´´

Nun ging alles sehr schnell, die Zellentür ging auf und er Graf verpassen ihm einen gezielten Schlag ins Gesicht. Die Wucht riss Jan von den Füßen und er prallte gegen die hinter ihm liegende Wand. Keuchend kniete er am Boden und schnappte nach Luft, selbst aufrichten fiel ihm durch dich Wucht so schwer. Auf der Stelle kniete Katja sich neben ihren Freund um ihm zu helfen. Der Graf fing wie ein alter Hund an zu knurren, es sah so aus all ob er noch mal zu schlagen wollte, doch er wandte sich nun ab.

,,Ich gebe dir eine Gnadenfrist von einem Tag, sollte ich diese Antwort nochmal von dir hören werde ich den Richter auf euch hetzen und ich bin gespannt ob er was von euch übrig lässt.´´

Der Graf ging mit schnellen Schritten davon und sein knurren halte noch eine weile in den Fluren. Langsam richtete Jan sich auf, nahm erstmal tief Luft und marschierte zu Tür. Er lies aus seinem Zeigefinger eine Kralle erscheinen und versuchte die Tür zu öffnet.

,,Wir müssen sofort hier raus, oder wir werden vielleicht den nächsten Tag nicht mehr erleben.´´
,,Was ist den los es ist doch nur ein Richter?´´ meinte Katja und stellte sich zu ihm.
,,Es ist kein gewöhnlicher Richter!´´ sagte er brummig, ließ sich aber nicht abbringen die Tür zu öffnen; ,,Dieses

sogenannte Richter ist im Gründe nichts weiter als ein Jäger. Wenn der Graf seine Drohung war macht, sind wir erledigt.´´

Katjas Hals wurde nun sehr trocken und sie musste schlucken. Es hatte ihr schon damals gereicht, dass zwei Vampire sie umbringen wollte. Doch die Befürchtung eines grausamen Vampir der die Beiden ohne weiteres umbringen kann, war schlimmer als hier in der Zelle zu bleiben. Einige Sekunden später knackte das Schloss und die Tür ging auf. Mit leisen Schritten schlichen sich die Beiden durch die Flure des Kerkers, die Treppe hinauf zum Schloss und bis kurz vor der Vorhalle. Sie musste nur noch durch den Flur gelangen um sicher das Schloss verlassen zu können. Plötzlich waren einige Wachen waren zu hören, man erkannte das sie auf den Weg in ihre Richtung waren. Es gab nur drei andere Wege die sie nehmen konnten, doch in jeder anderen Richtung waren noch weitere Wachen in Aufruhe. Jan holte einen Stein aus seiner Hosentasche und warf ihn in einem anderen Flur gegen ein Fenster, was darauf zerbrach. Sofort kamen die Wachen von ihrem eigentlichem weg ab und sahen sie das genauer an. Mucksmäuschen still liefen die Beiden weiter, doch in der Halle mussten sie sich hinter einer Säule verstecken, da Reißzahn und er Graf von Blood aus dem Saal kamen.

,,Graf von Blood ist es wirklich notwendig, das mein Bruder vom Richter in die Mangel genommen zu wird? Ich könnte versuchen mit ihm zu reden.''
Der Graf schaute brummig in der

Halle umher, ,,Ja es ist nötig, Jan hat durch diese Freundschaft mit dem Mädchen alle seine Pflichten vernachlässigt, so wie den Respekt gegenüber seinem Vater verloren. Aber keine sorge der Richter soll ihn nur etwas Respekt ein prügeln.´´ Reißzahn senkte seinen Kopf und meinte; ,,Ich verstehe Herr Graf, aber vielleicht wird es nicht notwendig sein, den Richter zu rufen.´´ Der Graf blickte ihn auf eine merkwürdige Weise an und meinte; ,,Nun gut ich bin einverstanden, aber sollte dein Bruder Wiederworte geben ist er fällig.´´

,,Sehr wohl Herr Graf.´´ erwiderte Reißzahn mit einer leichten Verbeugung.

Die Beiden marschierten darauf hin zum Ausgang und ließen die Tür versperren. Nun mussten sie sich etwas anderes überlegen, um hier raus zu kommen. Wortlos ging Jan in den Saal und schloss hinter Katja die Tür zu. Es war ihr schon immer unangenehm an diesem Ort, doch jetzt da die Beiden Gefangene des Grafen war, hielt sie es kaum noch aus und freute sich schon auf ihr warmes Bett. Gemeinsam gingen die Beide in Richtung des Thrones, doch ungefähr zwei Meter davor blieben sie stehen. Er zog sich seine Robe aus, gab sie an Katja weiter und ging zum Fenster.

,,Zieh dir das über, damit die Scherben dich nicht verletzte."

Sie tat um was er sie geben hatte und ging einige Schritte zurück. Er wirbelte herum, holte mit dem Linken Bein aus und verpasste dem Fenster eine kräftigen Tritt. Die Glasscherben sprangen in allen Richtungen umher , ließen ein leisen klirren ertönen und verletzte Jan etwas am Bein. Katja durfte als erstes aus dem Fenster klettern, er folgte ihr rasch sah aber immer wieder zurück. Mit schnellen Schritten gingen sie durch den Wald, bis das Schloss nur noch in der Ferne zu sehen war. Erschöpft setzte Katja sich auf einen Baumstumpf und musste ihren Blick auf Jan verletzten Bein werfen.

Er bemerkte es sofort und grinste wie immer: ,,Lass das es ist nur mein linkes Bein, ich trage meinen Kopf noch nicht unterm Arm. Komm, ich kenne Jemanden bei dem wir uns etwas erholen können und die nächsten Schritte Planen können.´´

Schweigend folgte sie ihm weiter in den Wald, trotzdem blickte sie auf sein linkes Bein. Trotz der Wunde humpelte Jan nicht einmal und er lief zu als ob, die Verletzung nicht existierte. Leider musste man davon ausgehen das, dass verlorenen Blut eine Spur hinterlassen würde, die ihre Feinde schnell bemerken werden. Aber das Blut was aus der kleinen Fleischwunde austrat war zum Glück nicht viel und war im Langen Gras nicht zu erkennen.

Die Hexe Moras

Als die Sonnen ihren Mittelpunkt
erreichte, kamen die Beiden bei einer
kleinen Jagdhütte an die sich auf einer
kleinen Lichtung befand. Auf dem Weg
erzählte Jan das sie eine alte
Bekannte seiner Mutter besuchen, die
nicht nur sein Bein wieder heil
machen konnte. Nein sie konnte auch
noch etwas über das eingebrannte
Symbol auf seiner Schulterblatt
erzählen. Sie war auch gespannt ob
die Bekannte seiner Mutter wie ihn
den Geschichten wirklich alt aussahen
und ob die Haut von Hexen wirklich
einen leichten grün ton hatten.

Katja blickte verwundert sich die Hütte
an, ihre Miene wurde nun sehr
skeptisch: ,,Willst du mich vielleicht
veräppeln hier wohnt doch keine

Hexe? Hast du nicht gesagt sie sei die beste auf ihrem Gebiet, aber für mich sieht es nicht so aus.´´

Kopfschütteln ging Jan zu Tür, doch bevor er klopfen konnte, kam eine Art Stürm auf, schnappte sich die Beiden und zerrte sie ins Haus. Der Wind hörte erst auf, als sie sich in eine Art Arbeitszimmer befand. Diese Arbeitszimmer war seltsam, es gab hier nicht nur Bücherregale, sondern auch Reagenzgläser mit irgendwelchen Flüssigkeiten darin und sonst keinerlei Möbel. Die Wände sowie der Boden und die Decke waren mit seltsamen Symbolen verziert. Eine wunderschöne Frau kam aus der einzigen Tür herein und wie aus dem nichts kamen einige Möbelstücke. Die Frau hatte blaues Haar, grün-gelbe Augen und sie trug ein schwarzes Kleid. Sie setzte sich auf den Sessel der gegenüber ihren Gästen stand und signalisierte das sie sich auch setzten durften. Katja setzte sich auf dem Sofa, aber Jan blieb lieber stehen.

,,Hallo Moras wie geht es dir?''

Die junge Frau mit diesem Namen musste lächeln stand auf und kam zu ihm. Schon als ihre Hände seine Schultern berührten, heilte die Wunde an seinem Bein.

,,Mir geht es gut Jan, aber mit dir habe ich nicht gerechnet. Wenn ich mir das Symbol ansehen soll musst du dich schon oben rum ausziehen. Ich kann vieles Sehen aber nicht deinen Rücken.''

Er fing an mit einem gerötetem
Gesicht zu grinsen und zog sich oben
rum aus. Als die Frau das Symbol
sah, zeigte ihr Gesicht eine Art von
Verblüffung. Dann ließ sie ihren
rechten Hand über das Symbol
gleiten. Katja beobachte alles in ruhe
und wartete ab was nun kam.

Als er wieder angezogen war meinte
Moras: ,,Ach du liebe Güte. So ein
Symbol habe ich noch nie gesehen,
woher hast du dieses Symbol?´´
Nun setzte Jan sich auf das Sofa und
meinet jetzt brummig: ,,Ich musste
eine alte Pflicht erfüllen und wurde
aus dem Hinterhalt angegriffen und
man hat mir das Symbol eingebrannt.
Da selbst du nicht weiß was diesen
Zeichen zu bedeuten hat, bin ich jetzt
mit meinem Latein am ende.´´
Die junge Frau wandte sich nun Katja
zu: ,,So hast du nun endlich begriffen,
dass man nie nach dem

Äußerlichkeiten gehen darf. Selbst ich könnte trotz meines Aussehens, kämpfen wie Zehn Männer.´´

Stumm nickte Katja ihr zustimmen zu. Moras ging zu einem Regal, kramte etwas aus einer Schatulle raus und gab es ihr. Es war eine kleine Drachenstatue, mit roten Augen. Als Katja wieder auf schaute, war Moras verschwunden und der Wind der sie herein gebracht hatte, schickte die Beiden wieder hinaus.

Irgendwie geschockt blickte sie zum Haus: ,,Was war das denn? Sie ist eine Hexe aber so schön?´´
Jan zog verwundert eine Augenbraue hoch: ,,Wie bitte? Ihr aussehen ist das einzige was die verwundert. Sie hat uns ohne Probleme herein und raus gebracht, außerdem hat Moras mein Bein geheilt.´´

Sie zuckte nur mit den Schultern, und grinste. Gerade als er etwas dazu erwidern wollte lief Katja einfach so in die Richtung ihrer Heimatstadt. Grinsend folgte er ihr, hatte aber sie schnell eingeholte.

Entschieden!

Wütend brüllte der Graf jeden Diener
an der ihm unter die Augen kam,
selbst Reißzahn wurde angeschnauzt.
Er setzte sich auf den Thron und
schaute widerwillig den ältesten Prinz
an.

,,So wie es aussiehst bleibt uns nur
noch eine Möglichkeit. Wachen
schickt den Richter sofort zu mir.´´

Gehorsam verneigte sich einer der
Diener an der Tür und stürmte davon.
Die anderen Diener unterhielten sich
aufgeregt, da ihr eigentlicher König
fort war und nun der eine Sohn vom
Richter gejagt werden sollte.

Sofort unterbrach der Graf sie und fauchte: ,,Verschwindet ich will keinen hier mehr sehen. Macht sofort eure Arbeit oder ihr werden die nächste Beute des Richters sein.''

Wie Blitze verschwanden alles und ließen die Beiden alleine. Reißzahn trat zum Grafen vor: ,,Aber Herr Graf es ist doch nicht nötig meinen Bruder auf so eine grobe weise her zu bringen. Lasst es mich bitte versuchen.''

Mahnend unterbrach er den jungen Prinz und stand auf, als eine Gestalt in den Saal trat. Die Gestalt versteckte sich in der Dunkelheit und wartete auf seinen Befehl. Mit einem breiten Grinsen trat der Graf zu ihm und überreichte ein Foto.

,,Dieser junge Mann, sowie seine Freundin sollten hergebracht werden, du kannst Gewalt anwenden, bringe die Beiden nur Lebendig zu mir.´´

Der Richter nahm das Foto an sich, verbeugte sich als er den Befehl verstanden hatte und verschwand. Nun bekam Reißzahn ein schlechtes Gewissen , doch als er den Richter aufhalten wollte hielt der Graf in zurück.

,,Lass es lieber sein Reißzahn. Wenn der Richter keinen Befehl in deiner Hinsicht bekommt, wird er dich einfach aus dem Weg räumen. Dies wollen wir doch nicht einfach so herbei führen?´´
,,Wieso tun sie das meinem Bruder an.´´ stellte er die Frage an den Grafen und blickte dem Richter

besorgt nach.

,,Mein lieber Junge du solltest wissen, das ich jeden bestrafe der sich von den regeln der Vampire abwendet.´´

Jetzt machte er sich nur noch mehr Sorgen um seinen Bruder. Um Jan irgendwie zu warnen, ging Reißzahn auf sein Zimmer und versuchte ihn mit dem Handy zu erreichen.

Der Richter

Zwischen der Stadt und Richtung des Schlosses musste Katja sich von dem Wettlauf erholen und setzte sich auf einen Baumstumpf. Jan war immer noch voller Elan und streckte sich etwas.

,,Ich hasse es wieso bin ich nicht so schnell wie du.´´ sagte sie schlecht gelaunt.
Er lächelte gut mutig: ,,Hey wie wäre es wenn ich mit dir etwas trainiere? Es wird etwas dauern aber du solltest dann etwas schneller sein und sogar zwei oder dreimal so stark sein als jetzt.´´

Nun sprang Katja gut gelaunt auf, bevor sie etwas sagen konnte wurde sie von dem Klingeln von Jans Handy unterbrochen, doch er ignorierte es. Plötzlich trat eine Gestalt aus dem Wald. Anfangs beachtete sie die Person nicht, aber dann kam sie direkt auf die beiden zu. Als sich diese Gestalt ihnen in den Weg stellte, schien es so aus zusehen, als ob es nicht der Richter war. Zu mindesten konnte man es an Jans Reaktion erkennen das es Schwierigkeiten gab, denn er wich erschrocken zurück und knurrte. Katja tat es ihrem Freund gleich, bis auf das knurren und sie versuchte sich den Richter genauer an zu sehen. Der Richter trug eine schwarze Rüstung aus einem sehr seltenem Metall und auf der rechten Seite seines Gürtels befand sich ein langes Schwert. Plötzlich griff der Richter die Beiden an, obwohl er eine schwere Rüstung trug, war er schneller als Jan. Dann zog der Richter sein Schwert und holte mit aller Kraft aus. Damit Katja von dem Schwert nicht getroffen werden konnte, stieß Jan sie beiseite und wich jeden Hieb so gut wie es ging aus. Selbst seine Angriffe kamen nicht mal in die Reichweite des Gegners, ohne dabei verletzt zu werden. Um diesen Typen außer Gefecht zu setzten nahm Katja sich einen großen Ast und schlug ihn auf den Hinterkopf des Richters, der Ast zerbrach auf der Stelle. Der Schlag machte ihm anscheinend nichts aus, nur sein Helm hatte eine kleine Beule, die selbst kaum zu sehen war. Er oder es wirbelte herum und versuchte sie mit dem Schwert zu verletzen, zum Glück wurde sie um einen Millimeter verfehlt. Panisch stolperte Katja rückwärst, dabei hätte sie fast das Gleichgewicht verloren und das Schwert des Richters hätte sie beinahe getroffen.

Aber im letzten Moment war Jan da und lenkte die Aufmerksamkeit auf sich. Dann fing der Richter auf eine seltsame Art zu sprechen und es klang so als ob er Spaß daran hatte was er sagte. Jan wurde darauf hin so wütend, dass er ohne auf seine Deckung achtete auf den Richter zu lief und ihn angriff. Jetzt war es der Richter der jedem Angriff auswich, hier bei hatte er auch irgendwie seinen Spaß, was Katja schwer bemerkte ohne sein Gesicht sehen zu können. Die Beiden trugen den Kampf nun mit den Fäusten aus, und versuchen den anderen mit einem Kinnhacken und anderen Arten von Angriffen, in die Knie zu zwingen. Ungefähr nach einer halben Stunde standen sich die Beiden Kämpfer gegenüber und schienen erschöpft zu sein. Dies traf eher auf Jan zu, er stand kaum noch aufrecht und schnaufte nach Luft. Es war ihr unerklärlich wie der Richter mit

so einer Rüstung, immer noch genug
Kraft hatte. Jetzt war klar, dieses
Wesen war kein normales Wesen.
Selbst nach dem Gesichtsausdruck
von ihm erkannte man die
aussichtslose Lage der Beiden.

Katja wollte ihm gerade helfen da
fauchte er: ,,Verschwinde so lange du
es noch kannst. Ich halte den Richter
so lange auf sie es geht.´´

Ohne lange zu überlegen befolgte sie
seinen Rat und lief in Richtung ihres
Hauses. Erst nach einigen Metern
drehte Katja sich wegen ihrem
schlechten Gewissen um und erstarrte
als die den Richter auf sich zu kamen
sah. Nun gab es für sie keine
Möglichkeit mehr außer zu laufen. Sie
lief an ihrem Haus vorbei, sowie zehn
oder fünfzehn Häuser weiter und blieb

erst am Park stehen. Außer Atem setzte sie sich auf den Fußweg und schaute wieder zurück. Zu ihrem Glück war der Richter nicht mehr zu sehen. Als Katja wieder bei Kräften war, überlegte sie ob Jack ein Versteck für sie hatte, dann lief sie wieder zurück um Jan zu helfen. Wieder an der Stelle wo die Beiden angegriffen wurden, erstarrte sie erschrocken. Jan lehnte an einem Baum, presste eine Hand auf eine Verletzung an seinem Bauch und rührte sich kein Stück. Katja hockte sich neben ihm und fühlte nach seinem Puls. Erleichtert atmete sie auf, da er noch einen leichten Puls hatte. Auf einmal wurde sie von einen großen Schatten bedeckt, der ihr eine Gänsehaut brachte. Der Richter stand hinter ihr, die Blut verschmierte Waffe hing, gefährlich nahe an ihrer rechten Wange.

Er sprach zu ihr, aber mit der Sprache die sie auch Sprach: ,,Dein Freund wird nicht sterben, solange du jetzt aufgibst und mit zum Schloss kommst. ´´

,,Nein.´´ Keuchte Jan als er wieder zu sich kam, eine kleine Wunde hatte er am Bauch, anscheinend wurden zum Glück keine Organe von ihm verletzt.

,,Der Graf wird dich töten, wenn du jetzt nicht verschwindest. Geh deine Familie braucht dich, ich komme schon zurecht.´´
Katja zog ein Taschentuch aus ihrer rechten Hosentasche und presste es auf seine Wunde. ,,Vergiss es dies stehen wir gemeinsam durch. Das bin ich dir schuldig.´´

Der Richter zerrte die Beiden auf die Beine und brachte wie befohlen sie zum Schloss zurück. Auf dem ganzen

Weg stützte sie ihren Freund, der durch den Kampf kaum noch laufen könnte. Der Richter befand sich nur wenige Zentimeter hinter ihnen. Sein Schwert war bedrohlich nahe an Katjas Rücken.

Jan drehte seine Kopf in die Richtung seines Gegners: ,,Lass sie endlich gehen, Katja hat mit der Sachen nichts zu tun.´´

Auf einmal holte der Richter aus und verpasste ihm so einen kräftigen Schlag, dass er von den Füßen gerissen wurde und nach vorne flog. Keuchend lag der junge Vampir nun am Boden und es viel ihm sehr schwer mit eigener Kraft auf zu stehen. Katja drehte sich auf der Stelle um und holte mit der rechten Hand aus. Aber da wurde ihre Hand ab gefangen. Mit etwas Kraft drehte man ihr den Arm auf den Rücken. Um den Fehler ihr klar zu machen verstärke der Richter etwas seinen Griff, so das Katja sich auf die Zähne bis um nicht vor Schmerz zu keuchen.

Bevor der Richter ihr weiter weh tun konnte keuchte Jan: ,,Hör auf, wir machen keine Probleme mehr.´´

Katja wurde sofort los gelassen und zu ihm gestoßen. Sie half ihrem Freund wieder auf die Beine, wie vorher auch stieß der Richter die Beiden weiter. Zu ihrem Pech wurden sie vor dem Schloss schon erwartet. Die Wachen umzingelten die Beiden und brachten sie zum Thronsaal. Ein hämisches Grinsen machte sich auf dem Gesicht des Grafen breit, als seine Gefangenen vor seinen Knie gestoßen wurden. So schnell wie die Wachen konnten liefen sie hinaus und verriegelten das Schloss, damit niemand mehr entkommen konnte.

Der Graf stand lächelnd vorm Thron auf, doch bevor er sich Jan schnappten konnte, bekam er von ihm einen Tritt ins Gesicht. Wütend knurrte der Graf laut auf und sprintete los. Jan drehte sich auf den Absatz um und lief los. Beiden liefen hinaus auf den Gang, so wie es aussah lieferten sie sich im Schloss eine richtige Hetzjagd. Obwohl der Richter in der nähe war blieb er regungslos in der einen Ecke stehen und beobachte das geschehen. Katja wollte ihnen gerade hinter her, plötzlich war der Richter da und verpasste ihr einen Schlag auf den Hinterkopf, der ihr das Bewusstsein nahm.

Erfolgloser Versuch

Jan lief trotz der Erschöpfung weiter durchs Schloss, einige Male schaffte er es auch für kurze Zeit den Grafen ab zu schütteln. Dummeweise er wartete der Graf ihn jedes mal ein einer anderen Stelle. Mit letzter Kraft schaffte es Jan sich in der Bibliothek zu verstecken. Keuchend ging er in einer hintersten Ecke auf die Knie. Zu seinem Glück war die Wunde an seinem Bauch schon etwas verheilt, sonst könnte der Graft ihn mit der Blutspur verfolgen. Um etwas zu Kräften zu kommen lehnte er sich an die nächste Wand, behielt aber die Richtung von die er kam ihm Auge. Da eine ganze Weile nichts geschah entschloss Jan sich etwas auszuruhen, doch da knallte die Tür zur Bibliothek auf und die Person kam direkt in seine Richtung. Nun hatte er keine Wahl, es gab keinen weiteren weg zu entkommen. Da stand Jan auf und stellte sich dem Grafen.

,,Da haben wir unseren Prinzen!˝ sagte der Graf mit solch einer Wut in seiner Stimme und trat näher an sein Opfer heran.
,,Ich habe ihnen schon gesagt, dass ich ihre Tochter nicht heiraten werden.˝ meinte er und versuchte zurück zu weichen, aber leider war die Wand ihm im weg.

Plötzlich griff der graf ohne jegliche Worte an, dies nutzte Jan aus huschte unter ihm hinweg und lief wieder durch das Schloss. Kurz vor der Treppe bekam der Graf ihn zu fassen, riss ihn zurück und schleuderte ihn gegen die nächste Wand. Jan keuchte vor der Wucht auf, blieb aber auf seinen Beinen und machte sich Kampf bereit. Dies gefiel dem Grafen sehr und er gab seinem Gegner die Chance etwas am Ausgang des Kampfes zu ändern. Obwohl es in seine Fall schlecht um einen Sieg stand, so geschwächt wie Jan war. Aber er wollte alles versuchen um diese Situation zu ändern. Dann entschied er sich für einen direkten Angriff. Dies hatte der Graf erwartet , er holte mit seinem linken Bein aus und trat Jan direkt in die Magengrube. Keuchend stolperte der Prinz zurück, dabei presste er seine Arme auf den Bauch.

,,Was ist den los?´´ wollte der Graf wissen und trat mit einem triumphierten Grinsen weiter in seine Richtung. ,,Ich habe gedacht du hättest mehr drauf, so schnell wie du vorhin weggerannt bist.´´

Schwer atmend meinte Jan; ,,Ich...
gebe nicht so einfach auf....´´

Da lief der Graf wieder auf ihn zu, dies
nutze Jan aus in dem er sich unter
dem Hieb wegduckte und selber einen
Krallenhieb anwendete.
Dummerweise ahnte der Graf diesen
Trick und traf sein Opfer mit den
Krallen direkt an der Brust. Aber Jan
konnte noch gerade so zurückweichen
und somit wurde nur sein Hemd vorne
etwas zerfetzt. Doch er konnte sich
nicht so schnell ducken, als der
nächste Hieb kam und ihn am rechten
Arm traf. So als ob das Jackett aus
Papier war, gingen die Krallen ohne
Probleme da durch und fügten Jan
eine zwei Zentimeter tiefen Wunde zu.
Keuchend vor Schmerz und
Erschöpfung wich er vor dem Grafen
zurück. Es gefiel ihm sein Opfer so
ausgelaugt zusehen und die Angst im

Gesichts seines Feindes. Da es nur eine Möglichkeit gab, seine Tochter zu dem zu verhelfen was ihr größter Wunsch war, musste den Prinz am Leben bleiben. Aber es sprach ja nichts dagegen von etwas Spaß und das Blut seines Gegners ein bisschen zu vergießen. Nun musste Jan sich etwas einfallen lassen, oder der Graf würde gewinnen und Katja wäre in großer Gefahr. Er nahm eine ruhige Stellung ein und sagte in einem ruhigen Ton:

,,Herr Graf lassen sie uns auf meinen Vater warten, bevor die Hochzeit einfach so stattfindet. Es wäre gewiss viel besser wenn ihr guter Freund anwesend ist. Oder wie denken sie darüber?´´

Da trat der Graf direkt vor ihm und klatschte ihm eine, bevor er Jan am Hals packte: ,,Wie kannst du es

wagen die Pläne deines Vaters
einfach so dahin zu werfen. Er war es
der die Hochzeit zwischen dir und
meiner Tochter vereinbar hatte.´´
Jan griff mit der noch unversehrten
Hand den Arm: ,,Das glaube ich nicht
mein Vater mag zwar ein Monster
sein, aber er würde sowas sie ohne
mein Wissen tun.´´

Darauf antwortete der Graf in dem er
ihn gegen die nächste Wand
schleudert und kurz darauf auf Jan
prügelte. Keuchend riss Jan die Arme
hoch um einige Hiebe ab zu wehren.
Doch das machte den Grafen nur
wütender und seine Schläge und
Krallenhiebe nahmen an Kraft zu.
Jeder einzelne Schlag raubte Jan die
Luft und verletzte seinen Körper nur
noch mehr. Erst nach dem
hundertsten Schlag, so wie es Jan

möglich war sie zu zählen, verlor er
das Bewusstsein.

Aussichtslose Lage

Als Katja wieder zu sich kam, lag sie auf den kalten Fußboden des Thronsaales. Niemand außer sie und einer Wache am Thron befand sich in diesem Raum. Stöhnend richtete sie sich auf, alle ihre Knochen taten ihr im Leib weh, was auch bei diesem harten Boden kein Wunder war. Besorgt sah sie sich nach ihrem Freund um, aber sollte sie sich wirklich sorgen machen. Er war ein hervorragender Kämpfer, aber da er verletzt war, wären seine Chancen so einen Kampf zu gewinnen unmöglich. Auf einmal ging die Türen zum Saal auf, Rei0zahn kam zur ihr und brachte ihr ein Glas Wasser.

,,Wo ist Jann?´´ wollte sie auf der stelle wissen, aber er ließ sie mit ihrer

Frage einfach so stehen.

Kaum hörbar meinte die Wache: ,,Er ist in Schwierigkeiten, er wird gerade etwas zurecht gestutzt. ´´

Jetzt begann ihr Körper wie wild zu zittern, wie konnte sie das nur zulassen. Mit schweren Beinen ging Katja zu Fenster, kurz bevor sie heraus gucken konnte, knallten die Saaltüren auf und etwas landete mit einem dumpfen Geräusch hinter ihr. Erschrocken starrte Katja auf den reglosen Körper ihrer Freundes Er sah übel zugerichtet aus. Fast überall kam Blut aus den mehreren Kratzwunden die Jan am Leibe hatte und seine Klamotten sahen dem entsprechen aus. Zornig kam der Graf in den Saal und trat den verletzten Körper näher an Katja heran:

„Dieser dämliche Prinz, falls er in kürze wieder zu sich kommt, kannst du ihm sagen das du das nächste mal dran bist, wenn er sich weiter weigert meine Tochter zu heiraten."

Schnurstracks verlies der Graf den Saal. Katja blickte auf Jan herunter, ihre Augen füllten sie mit Tränen als sie sich neben ihm setzte. Die Wache kam zu ihr rüber und reichte ihr ein Taschentuch. Danken nahm sie es an, doch ließ ihren Freund nicht aus den Augen. Um den Triumpf aus zu kosten, kam die Tochter des Grafen zu ihnen.

„Du dumme Ziege wegen dir ist mein Verlobter nun schwer verletzt. Aber wenn er es nicht überleben sollte ist es auch nicht so schlimm. Es gibt genug reiche Männer die man heiraten kann."

Jetzt war Katja richtig böse und gab dem Mädel eine Ohrfeige: ,,Du blöde arrogante Kuh. Jan ist der beste den es gibt, du bist doch nur neidisch das er dich nicht heiraten will und damit du es weißt er wird wieder zu sich kommen.´´

In ihrem Stolz verletzt stürmte die Grafentochter vor bei an ihrem Bruder hinaus. John kam mit einem Verbandskasten auf die Beiden zu. Er schwieg als er die Wunden seines Freundes versorgte und die Wachen mit einer Handbewegung raus schickte. Als die Luft rein war, wandte er sich Katja zu:

,,Komm wir bringen Jan zu mir nach Hause, dort wird mein Vater als letztes nach euch suche, aber wir müssen den Geheimgang benutzen. Dutzende

von Wachen stehen in der Vorhalle
und warten auf den nächsten Befehl.´´

So vorsichtig wie es ging nahm John
seinen Freund hoch und trug ihn zu
den Seiten Eingängen des Saals.
Katja blieb eng an seiner Seite, eilte
hin und wieder mal voraus um sicher
zu gehen, dass keiner auf sie lauerte.
Wie von John erwartet befand sich
keine der Wachen oder der Dienern in
den Fluren. Ihr Weg ging gerade
Wegs in die feuchten Gänge des
Kerkers. Schweigend trat er mit
seinem verletzten Freund an die
hintersten Wand und klopfte drei mal
darauf. Plötzlich fingen einzelne
Steine an zu wackeln und die Wand
öffneten sich einige Meter. Der Gang
der sich da hinter befand, wahr sehr
schmal und keine einzige Lampe
erhellten den Gang. Katja drehte sich
aus Angst mehrfach um, zum Glück

hörte niemand das laute Poltern. John ging vorsichtig weiter und musste ständig aufpassen das er seinen Freund nicht fallen ließ. Um sich nicht im Tunnel zu verlaufen hielt sie Jans rechte Hand. Das glaubte sie zumindest hielt sich dennoch fest. Nach wenigen Metern blieb John ruckartig stehen.

,,Verdammt!'' brüllte er, packte Katja am Arm und rannte wie von einer Wespe gestochen los.

Jetzt erkannte sie wieso er so aufgebracht war, in der ferne hörte man wütende Stimmen die auf sie zu kamen. Durch die wilde Flucht verletzte sie sich an den Armen und Beinen, gelegentlich auch mal im Gesicht. Auf einmal traten die Drei ins Helle, aber er verlangsamte sein

Tempo erst, als sie sich in einem dichten Wald befanden. Erschöpft ging Katja auf die Knie und musste mehrmals blinzeln, bis sie ihre Umgebung erkennen konnte. John lehnte seinen bewusstlosen Freund an dem nächst besten Baum an und warf einen Blick zurück.

,,Gut sie laufen in die andere Richtung, da können wir in ruhe zu mir gehen. Aber wir sollten vorsichtshalber einen zahn zu legen. ''

Er nahm Jan wie vorher hoch, ging mit schnellen Tempo los und sah sich immer wieder um. Katja folgte ihm mit schnellen Schritten, aber sie hatte nur ihren Freund im Sinn und machte sich große sorgen. Eine Stunde später kamen sie bei dem Anwesen an, ohne

Aufmerksamkeit zu erregen gingen sie durch die Hintertür. Dank der Bäume hinterm Haus konnte man die Tür nicht sehen und war daher gut geschützt vor Einbrecher oder vor neugierigen Nachbarn. John brachte seinen Freund in eine Art Gästezimmer und legte ihn aufs Bett, nachdem er es aufgeschlagen hatte. In der zwischen Zeit fingen die Wunden an Jans Körper wieder an zu bluten, selbst die Verbände waren Blut getränkt. John ging mit schnellen Schritten hinaus, einige Minuten später kam er mit einem Verbandskasten, sowie eine Schalle mit Wasser zurück. Ohne auf sie zu achten kümmerte er sich um die Wunden von Jan. Zuerst machte er den alten Verband ab, machte die Wunden sauber und wickelte sacht den neuen Verband rum. Danach nahm er Katja an seiner Seite und ging mit ihr in ein Wohnzimmer. Es sah dem Büro sehr ähnlich aus, bloß ein Kamin befand sich an der Stelle wo die Fenster sein sollten. In der Mitte des Raums war ein kleiner Tisch, vor ihm war der Kamin, hinter ihm war eine rote Couch aus Leder und an der Seite standen zwei Sessel in der gleichen Farbe. Aus dem nichts trat der Butler zu ihnen. Er hielt mit seine rechten Hand ein Tablett hoch, auf dem zwei Tassen standen. Er stellte seinem Herr und seinem Gast die Tassen vor ihnen auf den Tisch als sich die Beiden setzten. John setzte sich auf einen der Sessel, Katja machte es sich auf der Couch gemütlich. Er verschränkte die Arme vor seiner Brust und schaute sie skeptisch an:

,,So du hast versucht ihm zu helfen?´´

Verwunderung war ihr quasi ins Gesicht geschrieben, als sie aufschaute und ihn ansah. Ihr Blick machte ihm nichts aus, denn er sagte nur:

,,Gut das er sich auf dich verlassen kann. Hätte ich vorher von den Plänen meines Vaters gewusst, wäre ich sofort zu euch gekommen.´´ Katja nahm einen Schluck ihres Tees bevor sie etwas sagen konnte, ,,Wieso warst du denn jetzt da? Ich habe dich vorher nicht gesehen.´´

John stand auf, trat an den Kamin und machte etwas Feuer: ,,Meine Schwester hat mich angerufen sie sagte, das Vater den Richter schickt und schon wusste ich das ihr in Gefahr seit.´´

Auf einmal liefen Tränen über ihre Wangen, ,,Es ist meine Schuld wäre ich nicht gewesen, dann....´´

John war sofort an ihrer Seite, legte

ihr den linken Arm um sie und reichte ihr noch ein Taschentuch. ,,Hey bleib ruhig. Dich trifft keine Schuld, du warst für Jan da wenn er dich gebraucht hat. Du hast ihm sogar den Mut zum Leben geben. Ohne dich wäre er nur eine Hülle seiner selbst´´

Als Katja sich das Tuch nahm, blickten ihre Weinenden Augen ihn verwundert an. Er begann zu lächeln:

,,Nachdem Tod seiner Mutter war Niemand so richtig auf seine Seite, selbst sein Vater schlug seit dem immer ohne Grund zu. Da schloss er sich jeden Tag in sein Zimmer ein, bis du ins Ziel genommen wurdest.´´ Jetzt bekam sie ihren Mut etwas wieder, ,,Ist das war? Es hat nichts mit meiner Großmutter zu tun?´´ Johns Grinsen wurde breiter und er fing schon fast an zu lachen: ,,Das ist echt ein Ding, Jan war immer in deiner nähe wenn sei Vater etwas wegen dir und deiner Familie aus gehegt hat. Er hat sogar die Nacht in deiner nähe verbracht, bevor er in deine Klasse kam."

Auf einmal wurde ihr Gesicht ganz rot, da brachte er sie in ein Gästezimmer. Wortlos gab er ihr ein paar neue Sachen , meinte mit einem Nicken das sie hier schlafen kann und ging mit einem Lächeln hinaus. Ohne bedenken legte sie sich auf der stelle ins Bett und schlief wenige Sekunden später ein.

Während Katja tief und fest schlief ging John zu seinem Freund. Trotz derartigen Verletzungen atmete Jan ruhig und ließ sich nicht stören. Jedoch sickerte weiterhin das Blut durch die Verbände und beschmutze ein Teil des Bettes. Es war für John selbst eine Verwunderung, das sein Freund trotz des hohen Blutverlust noch lebte. Um auf andere Gedanken zu kommen setzte er sich auf den Stuhl und wechselte erneut die Verbände. Schließlich hörten die Wunden nach einer Stunde auf zu bluten.

Abgetaucht

Die grellen Sonnenstrahlen kitzelten
ihre Nase und Katja erwachte aus
einen schrecklichen Traum.
Erschrocken wanderte ihr Blick durch
das gesamten Zimmer. Erst als sie in
ihren Gedanken den letzten Tag
wieder auf rief beruhigte sie sich
etwas. Das Zimmer wo sie ihren
Schlaf gefunden hatte, war sehr schön
eingerichtet worden. Das Bett war ein
rotbezogenes Himmelbett, es gab ein
Kamin und zwei Bücherregale.
Gegenüber dem Bett befanden sie
zwei mittel große Fenster. Katja warf
ihre Beine über die Bettkante, stand
mit Schwung auf und zog sich um.
John war gestern so nett und hatte ihr
neue Kleidung besorgt. Nun trug sie
das gleiche wie gestern, bloß die
jetzige Hose war schwarz. Langsam
machte sie sich auf den Weg ins Büro,

dort angekommen bekam Katja große Augen und ihre Mundwinkel gingen nach oben. Jan unterhielt sich seelenruhig mit John, doch er stand trotz der Verletzung von Gestern, kerzengerade vorm Fenster. Seine Verbände waren sauber und strahlen Weiß, obwohl er gestern häufiger stark blutete. Freudig sprang Katja ihrem Freund an den Hals und ließ ihn durch den Schwung auf den Schreibtischstuhl fallen. Lachend löste Jan sich aus dem festen Griff, blieb aber lieber sitzen. Sie ließ ihn los, jetzt nahm ihren Blick eine finstere Miene an:

,,Du Blödmann ich habe mir solche sorgen um dich gemacht und du bist hier, mit einem dämlichen Grinsen im Gesicht. Ist dir klar wie es mir jetzt geht.´´
Wie immer hörte sein Grinsen nicht

auf und er musste sich nachdenklich am Kopf kratzen. ,,Sorry aber ich habe dir schon gesagt, dass meine Wunden schnell heile als bei dir. Außerdem war der Schlaf bitter nötig, ich habe die letzten Tage kaum geschlafen.´´ Katja boxte ihn kräftig gegen die verbundene Schulter, ,,Du... mir ist es nur wichtig das du endlich aufgewacht bist, Aber wieso bist du so schwer verletzt gewesen?´´

Das Lächeln verschwand aus seinem Gesicht und er drehte sich zum Fenster: ,,Dieser Idiot, Der Graf hat etwas schreckliches vor. Aber da ich etwas benommen war konnte ich nicht verstehen was er damit meinte. Bevor ich dieses Gespräch mit bekam, hat er auf mich eingeschlagen, bis ich das Bewusstsein verloren habe.´´
Ihr Blick wurde zunehmend verwirrter: ,,Das geht doch nicht,

außer dir und der Graf hat niemand den Saal verlassen oder betreten. Also mit wem hat er den Gesprochen?''

Er fing an zu knurren als er sich ihr direkt zu wandte: ,,Irgendetwas stimmt hier nicht, normaler weise bemerke ich jeden der mich versucht von hintern anzugreifen oder ich erkenne jeden sofort. Doch seit dem Vorfall im Vampirzirkel bin ich nicht mehr der selbe. Aber das klären wir später, zuerst müssen wir den Grafen aufhalten.''

John warf eine Bemerkung in den Raum, was eher als eine Warnung kling: ,,Mein Diener hat mich vorhin informiert, dass Vater sich bald hier blicken lässt. Ihr sollten hier lieber verschwinden, es gibt einen Ort wo ich euch verstecken kann.''

Jan sah ihr tief in den Augen, etwas machte ihr Angst doch Katja nickte ihm zustimmend zu. Dann verließen sie gemeinsam das Anwesen, kurz darauf hielt ein seltsamer Wagen vor dem Haus und mehrere Vampire stiegen mit ihrem Herrn aus. Der Graf sah mit einem breiten Grinsen zum Haus und sagte ruhig:

,,Bald wird es dein Ende sein Jan Drakul. In wenigen Tagen werden alle diese Insekten von mir ausgelöscht. Also genieße deine Freiheit mit diesen Menschen und deiner kleinen Freundin.''

Damit stieg der Graf in den Wagen, nachdem ein Diener die Tür für ihn geöffnet hatte und fing auf den Weg zurück zum Schloss laut an zu lachen. Dieses brachte den Diener dazu, vor

Angst stark zu zittern und er bangte um seinen jungen Herrn, der nun als Verräter umher laufen muss.